Su último deseo

Su último deseo

JOAN DIDION

Traducción de
Javier Calvo

LITERATURA RANDOM HOUSE

Papel certificado por el Forest Stewardship Council®

Título original: *The Last Thing He Wanted*

Primera edición: septiembre de 2019

© 1996, Joan Didion
© 2019, Penguin Random House Grupo Editorial, S. A. U.
Travessera de Gràcia, 47-49. 08021 Barcelona
© 2019, Javier Calvo, por la traducción

Printed in Spain – Impreso en España

ISBN: 978-84-397-3600-4
Depósito legal: B-15.221-2019

Compuesto en La Nueva Edimac, S. L.
Impreso en Egedsa (Sabadell, Barcelona)

R H 3 6 0 0 4

Penguin
Random House
Grupo Editorial

Este libro es para Quintana
y para John

UNO

1

Últimamente han pasado cosas reales. Durante una temporada nos sentimos ricos y luego ya no. Durante una temporada creímos que el tiempo era dinero, que si encontrabas el tiempo también encontrabas el dinero. Podías ganar dinero, por ejemplo, volando en el Concorde. Moviéndote deprisa. Alquilar la suite grande, los teléfonos multilínea, pedir servicio de habitaciones por una línea, pedir al aparcacoches por la otra, servicio Premium, salir a las nueve y volver a la una. Descargar todos los datos. Abrir enlace con Praga, poner unas cuantas conferencias. Vender Allied Signal, comprar Cypress Minerals, hacer las jugadas directivas necesarias. Enchufarse a este ciclo de noticias, ir directamente a los teletipos, concentrarse en dejar fuera el ruido. «Pásame audio —estaba diciendo siempre alguien en aquel estado enchufado nuestro—. Esta historia la está moviendo Agence Presse.» En alguna parte del estado enchufado estábamos perdiendo cargamento. En alguna parte del estado enchufado estábamos perdiendo infraestructura, perdiendo sistemas redundantes, perdiendo gravedad específica. Por entonces la ingravidez parecía el modo más seguro. Por entonces la ingravidez parecía el modo en el que podíamos derrotar simultáneamente al reloj y a sus efectos, pero ahora veo que no lo era. Ahora veo que el reloj estaba haciendo tictac. Ahora veo que no estábamos experimentando ingravidez sino el interesante fenómeno que en la página 1.513 del *Manual Médico Merck* (15.ª edición) se denomina depresión reactiva sostenida, una reacción de dolor emocional al hecho de abandonar un entorno familiar. Y ahora veo que el entorno que estábamos abandonando era la sensación de ser ricos. Ahora veo que el Fondo de Cancelaciones no va a venir a liquidar esta quiebra por impago, pero entonces no lo veía.

Aunque debería haberlo visto.

Hubo indicios desde el comienzo, señales que deberíamos haber registrado, procesado y cribado con vistas a su aplicación a la situación general. Véase, por ejemplo, el día en que vimos que los bancos les pasaban la factura a todas las superficies comerciales, véase el día en que vimos que alguien les pasaba la factura a todos los bancos. Véase el día en que vimos que cuando marcábamos un número gratuito para hacer negocios en Los Ángeles o en Nueva York ya no estábamos hablando con Los Ángeles ni con Nueva York, sino con Orlando o Tucson o Greensboro, Carolina del Norte. Véase el día en que vimos (y esto tocará la fibra de los pasajeros frecuentes de aerolíneas) que empezaba a hacer falta renovar el equipamiento en Denver, Raleigh-Durham, Saint Louis. Véase, mientras estamos renovando el equipamiento en Saint Louis, la inacabada pero ya en bancarrota Gateway Airport Tower de allí, sus boutiques clausuradas, su ostrería cerrada a cal y canto, no más albornoces de tela de toalla en los bungalows vacíos y no más obsequios de cortesía en los cuartos de baño que ya no eran de mármol: todo esto nos debería haber alertado, en caso de que lo hubiéramos procesado, pero nos estábamos moviendo demasiado deprisa. Estábamos viajando sin equipaje: Éramos jóvenes. Y ella también.

2

Para que conste en acta, soy yo quien habla.
Ya me conocéis, o creéis conocerme.
La autora no del todo omnisciente.
Que ya no se mueve deprisa.
Ya no viaja sin equipaje.

Cuando en 1994 decidí contar por fin esta historia, registrar los indicios que se me habían pasado por alto diez años
atrás, procesar la información antes de que desapareciera del
todo, me planteé reinventarme en forma de comisionada de
asuntos públicos en la embajada en cuestión, de funcionaria
de carrera del servicio diplomático operando bajo el para-
guas de la USICA. «Lilianne Owen» era mi nombre en aquel
constructo, una estrategia que terminé abandonando por re-
sultarme limitadora y reduccionista, un artificio sin objetivo.
«Me lo contó más tarde», habría tenido que estar diciendo
todo el tiempo Lilianne Owen, y «Me enteré después de que
pasara». En calidad de Lilianne Owen me resultaba poco convincente incluso a mí misma. En calidad de Lilianne Owen
no os podría haber contado ni la mitad de lo que sabía.

Mi intención era poner las cartas sobre la mesa.

Mi intención era traeros mi equipaje personal y abrirlo
delante de vosotros.

Cuando oí por primera vez esta historia, hubo elementos
que me parecieron cuestionables, detalles de los que no me
fie. Los datos de la vida de Elena McMahon no terminaban
de concordar entre sí. Les faltaba coherencia. Se echaban de

menos conexiones lógicas, de causa y efecto. Yo quería que esas conexiones se materializaran ante vosotros igual que se terminaron materializando ante mí. La mejor historia que llegué a contar era un reconfortante sueño tropical. Esto es algo distinto.

La primera vez que Treat Morrison vio a Elena McMahon la vio sentada sola en la cafetería del hotel Intercon. Acababa de llegar de Washington en el vuelo de American Airlines que había aterrizado a las diez de la mañana y el chófer de la embajada lo había llevado al Intercon para que dejara su equipaje y fue entonces cuando vio a aquella mujer americana, que no le pareció periodista (Treat Morrison conocía a la mayoría de los periodistas que cubrían aquella parte del mundo, los periodistas se mantenían cerca de donde creían que estaba la noticia, era lo bonito de operar en una isla donde la noticia todavía no había aparecido en pantalla), una mujer estadounidense con vestido blanco, leyendo la página de los anuncios clasificados del periódico local y sentada sola a una mesa redonda para ocho personas. La mujer tenía algo que no le cuadraba. En primer lugar, Treat Morrison no sabía qué estaba haciendo allí. Sabía que era estadounidense porque cuando la oyó hablar con un camarero reconoció en su voz ese ligero arrastrar inexpresivo de las palabras típico del sudoeste de Estados Unidos, pero las mujeres estadounidenses que quedaban en la isla eran o bien de la embajada o bien alguna periodista ocasional, y ninguna de ellas estaría sentada y aparentemente sin nada que hacer en la cafetería del Intercon. En segundo lugar, aquella mujer estadounidense estaba comiendo, muy despacio y metódicamente, primero un bocado de uno y luego un bocado de otro, parfait de chocolate y beicon. Lo del parfait de chocolate y el beicon ciertamente tampoco le cuadró a Treat.

En la época en que Treat Morrison vio a Elena McMahon comerse el parfait y el beicon en la cafetería del Intercon, ella no se estaba alojando en el Intercon sino en el lado de barlovento de la isla, en dos habitaciones contiguas con una minicocina abierta de un hotel llamado Surfrider. Había llegado al Surfrider en julio de aquel verano en calidad de subgerente, contratada para reservar vuelos de regreso y asignar niñeras y organizar rutas turísticas de un día (la fábrica de azúcar más el puerto más la única mansión estilo revival palladiano de la isla) para las jóvenes familias canadienses que hasta hacía poco habían elegido aquel hotel porque era barato y porque su piscina de medidas olímpicas no tenía más de un metro de profundidad en ningún punto. Le había presentado al gerente del Surfrider el hombre que llevaba la agencia de alquiler de coches del Intercon. Era obligatorio tener experiencia en la industria turística, le había dicho el gerente del Surfrider, y ella se la había inventado, había inventado una historia y había falsificado una serie de cartas de referencia favorables que contaban que había pasado tres años como directora de eventos sociales de un crucero sueco al que más tarde le había cambiado de bandera (ese era el toque de inspiración, el detalle que hacía que las referencias fueran imposibles de comprobar) Robert Vesco. Por la época en que la contrataron, la isla seguía recibiendo a algún que otro turista perdido, no a turistas ricos, de los que exigían mansiones con piscina y playas de arena rosada y mayordomos y lavanderas y líneas telefónicas múltiples y máquinas de fax y acceso instantáneo a Federal Express, pero aun así turistas, sobre todo parejas jóvenes estadounidenses deprimidas con mochilas y jubilados desembarcados de los pocos cruceros que todavía paraban allí para pasar el día: aquellos con una tendencia menos aguda a considerar el tiempo tan valioso como para pasarlo solo en los lugares más perfectos del mundo. Después de la primera alerta de tránsito del Departamento de Estado los cruceros habían dejado de llegar, y después de la segunda y más urgente alerta publicada una semana más tarde (y que coincidió con la huelga de los mozos de equipajes y con la retirada de dos de las cuatro aerolíneas internacionales con rutas a la isla), hasta los mochileros emigraron a destinos menos demostrablemente imperfectos. Vaciaron la piscina de dimensiones olímpicas del Surfrider. Cualquier necesidad que hubiera habido de una subgerente se redujo primero y se evaporó después. Elena McMahon se lo señaló al gerente, pero este le sugirió razonablemente que como en cualquier caso sus dos habitaciones iban a estar vacías, se podía quedar sin problema, y ella se quedó. Le gustaba el hotel vacío. Le gustaba la forma en que las persianas habían empezado a perder las lamas. Le gustaban las nubes bajas, el centelleo del mar, el olor generalizado a moho y plátanos. Le gustaba tomar la carretera desde el aparcamiento y oír las voces que venían de la iglesia pentecostal. Le gustaba plantarse en la playa de delante del hotel y saber que no había tierra firme entre ella y África. «Turismo: ¿recolonialización con otro nombre?» era el tema esperanzado del simposio informal que se celebraba a la hora del almuerzo del día que Treat Morrison llegó a la embajada.

3

Si os acordáis de 1984, que es algo que veo que cada vez menos de nosotros nos molestamos en hacer, ya sabréis algunas de las cosas que le pasaron aquel verano a Elena McMahon. Conoceréis el contexto, os acordaréis de los nombres, *Theodore Shackley Clair George Dewey Clarridge Richard Secord Alan Fiers Félix Rodríguez alias «Max Gómez» John Hull Southern Air Lake Resources Stanford Technology Donald Gregg Aguacate Elliott Abrams Robert Owen alias «T. C.» Ilopango alias «Cincinnati»*, todos bañándose juntos en el resplandor del C-123 que cayó del cielo sobre Nicaragua. En aquel resplandor no se vieron atrapadas muchas mujeres. Hubo una, la rubia, la destructora de documentos, la que cambió el orden de los números de la cuenta del Credit Suisse (la cuenta del Credit Suisse a la que el sultán de Brunéi iba a transferir los diez millones de dólares, en caso de que os hayáis olvidado de las jugadas menores), pero solo tuvo un papel pequeño, un trabajo de media jornada, un rol abiertamente cómico pero en última instancia no protagonista.

Elena McMahon era harina de otro costal.

Elena McMahon sí que se vio atrapada, pero no en el resplandor.

Si quisierais saber cómo se quedó atrapada, seguramente deberíais empezar por los documentos.

Hay documentos, más de los que os imagináis.

Deposiciones, testimonios, tráfico de telegramas, algunos todavía sin desclasificar pero muchos ya del dominio público.

Se puede seguir un hilo o dos en las bibliotecas de costumbre: la del Congreso, claro. El Foreign Policy Institute de la Hopkins, el Center for Strategic and International Studies de Georgetown. La Sterling de Yale para consultar la correspondencia de Brokaw. La Bancroft de Berkeley, que es adonde fueron a parar los documentos de Treat Morrison después de su muerte.

Están las entrevistas del FBI, ninguna de las cuales es lo que yo llamaría iluminadora, aunque todas ofrecen algún que otro momento (el del parfait de chocolate y el beicon es uno de esos momentos sacados de las transcripciones de las entrevistas del FBI), algún detalle importante (me pareció interesante que el sujeto que le había mencionado lo del parfait y el beicon al FBI no hubiera sido Treat Morrison), alguna evasiva tan descarada que sin quererlo anuncia con vallas publicitarias el hecho mismo que trata de ocultar.

Están las transcripciones publicadas de las audiencias ante el comité selecto, diez volúmenes, dos mil quinientas siete páginas, sesenta y tres días de testimonios impresionantes no solo por cómo se basan en la imaginería hidráulica (se habla de conductos, se habla de canales y por supuesto de desvíos), sino también por los vislumbres colaterales que ofrecen de la vida en las fronteras exteriores de la Doctrina Monroe. Estaba, por ejemplo, la aerolínea que operaba con base en Santa Lucía pero tenía su sede central en Frankfurt (volumen VII, capítulo 4, «Implantar la decisión de soterrar la estrategia») y que era o no era (testimonios en conflicto al respecto) un noventa y nueve por ciento propiedad de una exazafata de vuelo de Air West que vivía o no vivía en Santa Lucía. Estaba, por ejemplo, el equipo de hombres sin identificar (volumen X, capítulo 2, «Material suplementario sobre tácticas de distracción») que llegó o no llegó (más testimonios en conflicto) a la frontera norte de Costa Rica para quemar los cuerpos de la tripulación del DC-3 sin distintivos que en el momento de estrellarse parecía estar registrada en la aerolínea que era o no era un noventa y nueve por ciento propiedad de la exazafata de Sky West que vivía o no vivía en Santa Lucía.

Está también, por supuesto, la cobertura de la prensa, en su mayor parte poco fructífera: aunque una búsqueda exhaustiva en las bases de datos del nombre «McMahon, Elena» arroja, durante el año en cuestión, más de seiscientas referencias en casi el mismo número de periódicos, y todas salvo un puñado de ellas conducen a los mismos dos teletipos de la AP.

El borrador sin corregir de la historia.

Eso solíamos decir.

Cuando todavía creíamos que la historia merecía ser revisada.

No es que aquella fuera una situación sobre la que mucha gente habría estado dispuesta a hablar dando su nombre, ni siquiera sin citar las fuentes. En calidad de alguien que de forma bastante accidental estuvo presente en la embajada en cuestión durante el momento en cuestión, también rechacé una docena aproximada de peticiones de entrevistas por parte de la prensa. En aquel momento elegí creer que estaba rechazando aquellas peticiones porque parecían interferir en el que por entonces era el proyecto más bien delicado en el que me encontraba trabajando, un perfil preliminar de Treat Morrison para el *New York Times Magazine*, que iría seguido, si aquella prospección exploratoria marchaba tal y como yo esperaba, de un estudio a gran escala de su rol proconsular a lo largo de seis administraciones, pero que en realidad era algo más que eso.

Rechacé aquellas peticiones porque no quería verme metida en una discusión sobre qué elementos parecían cuestionables, qué detalles no parecían fiables, qué conexiones lógicas parecían faltar entre la Elena Janklow que yo había conocido en California (madre de Catherine Janklow, esposa de Wynn Janklow, copresidenta, miembro del comité y organizadora de sobremesas e invitaciones para todo un calendario de almuerzos y cenas benéficas y espectáculos y desfiles de moda, originadora de hecho del localmente famoso Baile Sin Baile, que

19

permitía a los benefactores mandar sus cheques y quedarse en casa) y la Elena McMahon de los dos teletipos de la AP.

No encontré excusa razonable para no participar en el estudio posterior de gestión de la crisis que emprendió la Rand Corporation en nombre de los Departamentos de Defensa y de Estado, pero fui cautelosa: adopté la jerga propia de aquellos estudios. Hablé de «resolución de conflictos». Hablé de «prevención de incidentes». Ofrecí datos, más datos incluso de los que me habían pedido que ofreciera, pero eran unos datos provistos de un grado tan desconcertante de detalle y de una relevancia tan dudosa que a ninguno de los diversos analistas de la Rand involucrados en el proyecto se le ocurrió formular la única pregunta que yo no quería contestar.

La pregunta, por supuesto, era qué creía yo que había pasado.

Creía que Elena se había visto atrapada en los conductos y arrastrada a los canales.

Creía que su cabeza estaba sumergida en el agua.

Creía que solo se había dado cuenta de lo que la habían puesto a hacer en los muchos y dilatados segundos que transcurrieron entre el momento en que fue consciente de la presencia del hombre de la loma y el momento en que tuvo lugar el suceso.

Y lo sigo creyendo.

Lo digo ahora solo porque es cuando se me han ocurrido preguntas reales.

Acerca de los acontecimientos en cuestión.

En la embajada en cuestión.

Durante la época en cuestión.

Puede que os acordéis de la retórica de la época en cuestión.

«Esta no ha sido una situación que se preste a un análisis académico.»

«Esta no ha sido una situación de suma cero.»

«En un mundo perfecto quizá existan decisiones perfectas, pero en el mundo real tenemos decisiones reales, y las tomamos, y valoramos las pérdidas frente a las que podrían haber sido las ganancias.»

«Mundo real.»

«No cabe duda de que han pasado cosas que habríamos preferido que no pasaran.»

«No cabe duda de que estábamos tratando con fuerzas que quizá incluyeran elementos impredecibles o quizá no.»

«Elementos fuera de nuestro control.»

«No hay duda, nadie discute eso.»

«Y sin embargo.»

«Aun así.»

«Piensen en las alternativas: intentar crear un contexto para la democracia y quizá ensuciarse un poco las manos en el proceso, o bien lavarse las manos y dejar que decida la otra parte.»

«Hagan el cálculo.»

Yo lo hice.

Hice el cálculo.

No hubo ninguna suma cero.

Podéis considerar esto una reconstrucción. Una corrección, si queréis, al estudio de la Rand. Una visión revisionista de un momento y un lugar y un incidente sobre el cual, en última instancia, la mayoría de la gente prefirió no saber nada. Mundo real.

4

Si pudiera creer (como nos dice la convención) que el carácter es el destino y el pasado es el prólogo y etcétera, quizá empezaría la historia de lo que le pasó a Elena McMahon durante el verano de 1984 en un momento anterior. Podría empezar en 1964, por ejemplo, el año en que Elena McMahon perdió su beca en la Universidad de Nevada y en el plazo de una semana se reinventó a sí misma como reportera del *Herald Examiner* de Los Ángeles. Podría empezar cuatro años más tarde, en 1968, el año en que, mientras se encontraba haciendo investigación para un artículo de fondo sobre el desarrollo de la industria petrolera en el sur de California, Elena McMahon conoció a Wynn Janklow en el despacho que el padre de este tenía en Wilshire Boulevard, y, con una eficacia tan llena de determinación que ni siquiera se molestó en escribir el artículo, se reinventó a sí misma como su esposa.

Acontecimientos fundacionales.

Revelaciones del carácter.

Absolutamente, sin duda, pero el carácter que revelan es el de una superviviente.

Como lo que le pasó a Elena McMahon durante el verano de 1984 tuvo notablemente poco que ver con la supervivencia, voy a empezar por donde empezaría ella.

La noche en que se despidió de la campaña electoral de 1984.

Os habréis fijado en que los participantes en desastres suelen localizar el «inicio» del desastre en un punto que sugiere que tienen control sobre los acontecimientos. Un accidente aéreo reformulado de esta manera no empezará con el sistema de presiones sobre el Pacífico Central que causó la inestabilidad sobre el Golfo que a su vez causó la cizalladura del viento en el aeropuerto de Dallas/Fort Worth, sino en alguna intersección humana manejable, como, por ejemplo, la «sensación rara» a la que alguien no hizo caso durante el desayuno. La crónica de un terremoto de 6,8 empezará no con el solapamiento de las placas tectónicas sino de forma más cómoda, en el local de Londres en el que pedimos el plato de Spode que se rompió la mañana en que se movieron las placas tectónicas. «Ojalá hubiéramos hecho caso a la sensación rara.» «Ojalá no hubiéramos pedido el Spode.»

Todos preferimos la explicación mágica.

Y Elena McMahon no era una excepción.

Se había despedido de la campaña el día antes de las primarias californianas a la una y cuarenta de la madrugada, hora de Los Ángeles, tal como le había dicho una y otra vez al agente de la DIA Treat Morrison que había llegado en avión para tomarle declaración, como si la hora exacta a la que había abandonado la campaña hubiera puesto en marcha la secuencia inexorable de acontecimientos que vendrían después.

En el momento de abandonar la campaña llevaba meses sin ver a su padre, le dijo al agente de la DIA cuando la presionó sobre esta cuestión.

¿Cuántos meses exactamente?, le preguntó el agente.

No lo sé exactamente, dijo ella.

Dos cosas. La primera: Elena McMahon no sabía exactamente cuántos meses llevaba sin ver a su padre. La segunda: el número exacto de meses transcurridos entre la última vez que Elena McMahon había visto a su padre y el momento en que Elena McMahon había abandonado la campaña, igual que la hora exacta a la que había abandonado la campaña, era irrelevante. Para que conste en acta: en el momento de abandonar la campaña de 1984, Elena McMahon llevaba veintiún meses sin ver a su padre. Lo había visto por última vez en septiembre de 1982, el 14 o el 15. Elena podía establecer la fecha con tanta precisión porque había sido o bien el mismo día en que habían asesinado a Bashir Gemayel en Líbano o bien el día después, y en el momento de sonar el teléfono ella había estado sentada a su mesa trabajando en la reacción de la Casa Blanca. De hecho, lo podía fechar no con exactitud aproximada, sino con total exactitud.

Había sido el 15. El 15 de septiembre de 1982.

Sabía que había sido el 15 porque había llegado a Washington el 15 de agosto y se había dado a sí misma un mes para encontrar casa, meter a Catherine en una escuela y conseguir el aumento que significara que ya no era una empleada provisional (aquí vuelve a ser una superviviente, vuelve a demostrar su eficiencia llena de determinación), y en el momento de llamarla su padre acababa de tomar nota de que tenía que preguntar por el aumento.

Eh, le dijo su padre al contestar ella el teléfono. Era su forma estándar de iniciar contactos telefónicos: ni nombres ni saludos, solo «Eh» seguido de un silencio. Ella esperó a que terminara el silencio. Estoy de paso por Washington, le dijo su padre, quizá podamos vernos en una media hora o así.

Estoy en el trabajo, le dijo ella.

Mira qué coincidencia, dijo él, porque es a donde te estoy llamando.

Como estaba terminando un trabajo, ella le dijo que se vieran en el Madison, en la acera de enfrente. Parecía un lugar neutral y conveniente, pero en cuanto entró y lo vio sentado solo en el bar, tamborileando insistentemente con los dedos sobre la mesita, supo que el Madison no había sido una elección apropiada. Su padre tenía los ojos entornados y estaba mirando fijamente a tres hombres con trajes de raya fina idénticos que se hallaban sentados a la mesa de al lado. Reconoció a uno de los tres como funcionario de la Casa Blanca; se llamaba Christopher Hormel y era empleado de Gestión y Presupuesto, aunque por alguna razón había estado pululando oficiosamente alrededor del estrado durante el comunicado de mediodía sobre el Líbano. No es una cuestión de política sino de pura cortesía, estaba diciendo Christopher Hormel mientras ella se sentaba, y luego lo repitió, como si hubiera acuñado un eslogan ingenioso.

Sigue vomitando patrañas, le dijo su padre.

Christopher Hormel echó su silla hacia atrás y se giró.

Escúpelo, colega, qué problema tienes, dijo su padre.

Papá, dijo ella, te lo ruego...

No tengo ningún problema, dijo Christopher Hormel, y se dio la vuelta.

Maricones, dijo su padre, hurgando con los dedos en el platillo de frutos secos y cereales tostados en busca de las nueces de macadamia que quedaban.

Pues mira, te equivocas, le dijo ella.

Veo que te estás tragando toda esta patochada, le dijo su padre. Eres muy adaptable, ¿nunca te lo han dicho?

Ella le pidió un bourbon con agua.

Pide un Early Times, la corrigió él. Si dices bourbon en estos bares de maricones te dan un Sweet Turkey de mierda o como se llame y te cobran extra. Y eh, tú, chaval, saca las almendras, los Cheerios guárdatelos para los maricas.

Cuando llegó su copa se la bebió de un trago y luego se encorvó hacia delante. Tenía un pequeño negocio en marcha en Alexandria, le dijo. Tenía un proveedor de unas doscientas o trescientas pistolas Intratec, unos trastitos de mierda que podía comprar a setenta y cinco la pieza y revenderlos a casi trescientos, el tipo al que se los pasara duplicaría el precio en la calle pero ya estaba bien así, era la calle, él no se dedicaba a la calle, nunca lo había hecho y nunca lo haría.

Ni tampoco le iba a hacer falta.

Porque la cosa se estaba calentando otra vez.

Iba a volver a haber muchos tiros.

Ella había pagado la cuenta.

Eh, Ellie, dame una sonrisa, va a haber muchos tiros.

Y ya no lo volvió a ver hasta el día en que abandonó la campaña de 1984.

5

Elena no había planeado abandonar la campaña. Había cogido el avión aquella mañana en Newark y, salvo por una Coca-Cola durante la parada para repostar en Kansas City, no había comido nada en veintiocho horas, pero tampoco había pensado en largarse, ni durante el vuelo, ni en el mitin de South Central, ni en el encuentro con los electores en el proyecto Maravilla, ni tampoco mientras estaba sentada en una acera de Beverly Hills esperando el comunicado del grupo de prensa sobre la gala benéfica de famosos (la gala benéfica de famosos en la que la mayoría de los asistentes era gente a la que había conocido durante su vida previa como Elena Janklow, la gala benéfica de famosos en la cual, de haber seguido el curso natural de su vida previa como Elena Janklow, ahora estaría de pie bajo la carpa de Regal Rents escuchando al candidato y calculando cuánto tiempo tenía que esperar antes de poder dar las buenas noches, marcharse a casa con el coche por la Pacific Coast Highway y sentarse en el porche a fumar un cigarrillo), ni siquiera entonces había formulado el pensamiento «Puedo dejar esta campaña».

Aquel día había hecho su trabajo de costumbre.

Había mandado dos informes.

El primero lo había enviado desde la oficina de operaciones de Evergreen en Kansas City, y luego había mandado la actualización durante un rato libre que había tenido en el Holiday Inn de Torrance. Había recibido y contestado tres consultas de la central preguntándole por qué había decidido no centrarse en la historia que estaban moviendo las agencias sobre una encuesta interna que sugería cambios entre los electores más favorables. «Respondiendo a vuestra pregunta sobre la encuesta Sawyer-Miller de anoche –había escrito a modo de respuesta a la petición más reciente–. Por tercera vez, sigo considerando la muestra demasiado pequeña para ser significativa.» Había aprovechado la hora que se había pasado sentada en la acera esperando el comunicado del grupo de prensa sobre la gala benéfica de famosos para trazar un borrador para el análisis del domingo.

No había mencionado la seductora familiaridad de la gala benéfica de famosos.

El olor a jazmín.

La alfombra de pétalos azules de jacaranda que cubría la acera donde estaba sentada.

La sensación de que bajo la carpa no iba a pasar nada malo y su corolario, la sensación de que debajo de aquella carpa no iba a pasar nada.

Aquella había sido su antigua vida y esta era la nueva y era imperativo que se mantuviera centrada.

Se había mantenido centrada.

Había conservado el ímpetu.

Más tarde le daría la impresión de que nada había salido especialmente mal aquel día, pero también de que nada había salido especialmente bien: por ejemplo, su nombre no había sido incluido en la lista del pasaje del avión en Newark. Se había producido una nueva rotación del Servicio Secreto y ella había guardado en la bolsa de viaje sus acreditaciones de prensa y el agente a cargo no la había querido dejar subir al avión. ¿Dónde está el perro?, decía una y otra vez el agente, sin dirigirse a nadie en particular. Se suponía que la Autoridad Portuaria debía tener un perro aquí, ¿dónde está el perro?

Eran las siete de la mañana y ya hacía calor y estaban plantados en el asfalto de la pista junto a los montones de maletas y el equipo de filmación. Hablé anoche con Chicago, dijo ella, intentando que el agente la mirara mientras hurgaba en su bolsa en busca de las acreditaciones. Era verdad. Había hablado la noche anterior con Chicago y también había hablado la noche anterior con Catherine. Con quien no había hablado la noche anterior era con su padre. Su padre le había dejado dos mensajes en el contestador de Georgetown, pero ella no le había devuelto las llamadas. Eh, le había dicho su padre en su primera llamada. Luego su respiración, seguida del clic. Ahora localizó algo liso y duro en su bolsa y le pareció que había encontrado las acreditaciones, pero era un tubo de aspirinas.

«Teníamos una vida de verdad y ahora no la tenemos y solo porque soy tu hija se supone que me tiene que gustar, pero no me gusta», le había dicho Catherine.

«Perdona que consuma tu tiempo, pero he estado intentando llamar a tu madre y el gilipollas ese con el que vive se niega a ponerme con ella», le había dicho su padre en la segunda llamada.

Chicago me dijo que estoy en este vuelo, le dijo al agente.

No tenemos perro, nos vamos a pasar el día entero para inspeccionar todo esto, dijo el agente. Parecía estar dirigiéndose a un técnico de sonido que estaba en cuclillas sobre el asfalto, hurgando en su equipo.

Ella tocó la manga del agente en un intento de conseguir que la mirara. Si alguien pudiera comprobarlo hablando con Chicago, dijo.

El agente apartó el brazo de golpe, pero aun así no la miró.

¿Quién es esta mujer?, dijo. La campaña no la ha autorizado, ¿qué está haciendo aquí?

El técnico de sonido no levantó la vista.

Dile que me conoces, le dijo ella al técnico de sonido. No se acordaba de con quién iba el técnico, pero sabía que lo había visto en el avión. Lo que durante la campaña ella había empezado a denominar su edad avanzada (y como nadie le había puesto objeción alguna, en junio la expresión ya se había convertido en un reflejo avergonzado, un tic que hacía que se le ruborizara la cara mientras lo decía) hacía que pedir ayuda resultara vagamente humillante, pero eso no importaba. Lo que importaba era subir al avión. Si no estaba en el avión, no estaría en la campaña. La campaña tenía impulso, la campaña tenía un calendario. El calendario la llevaría automáticamente a julio, a agosto, a las bóvedas gélidas con el confeti cayendo y los globos flotando libres.

Ya resolvería más adelante lo de Catherine.

Ya llamaría más adelante a su padre.

Dile que me conoces, le repitió al técnico de sonido, que estaba de espaldas.

El técnico de sonido sacó un cable multiconexión de la bolsa donde llevaba su equipo, se incorporó y la miró con los ojos entornados. Luego se encogió de hombros y se alejó.

Siempre voy en el avión, llevo yendo en el avión desde New Hampshire, le dijo al agente, y luego se corrigió: Bueno, voy a veces en el avión. Oyó la nota de súplica en su propia voz. Se acordó: el técnico era de la ABC. Durante su estancia en Illinois ella había estado de pie cerca de una unidad móvil de transmisión por satélite y él la había empujado al pasar y la había hecho caerse al suelo.

Te jodes, zorra, estoy trabajando, le había dicho el tipo cuando ella se quejó.

Ahora lo vio subir dando brincos los escalones, de dos en dos, y desaparecer en el interior del DC-9. Dos meses después aún tenía el moretón descolorido que le había hecho al empujarla. Notó que le corría el sudor bajo la chaqueta de tela de gabardina y se le ocurrió que, si el tipo le hubiera pasado por su lado de camino a la escalerilla, le habría puesto la zancadilla. Llevaba la chaqueta de tela de gabardina porque en California siempre hacía frío. Si no encontraba las acreditaciones, ni siquiera iba a llegar a California. El técnico de la ABC iría a California pero ella no. Te jodes, zorra, estoy trabajando. Empezó a sacar el contenido de su bolsa y a dejarlo sobre el asfalto, sacando primero las cintas y los cuadernos y después un paquete de medias sin abrir, evidencias de su sinceridad, rehenes de su insistencia en que las acreditaciones existían.

Pasa simplemente que esta semana yo no iba en el avión. Y que usted acaba de llegar. Por eso no me conoce.

El agente se recolocó la chaqueta para que ella pudiera verle la funda de pistola que llevaba al hombro.

Ella volvió a intentarlo: He tenido un asunto personal, por eso esta semana no iba en el avión. Si no, me conocería usted.

Aquello también era humillante.

La razón de que ella no hubiera ido en el avión esa semana no era de la incumbencia del agente.

He tenido una emergencia familiar, se oyó a sí misma añadir.

El agente empezó a alejarse.

Espere, dijo. Acababa de encontrar las acreditaciones en un bolsillo de su neceser y correteó para alcanzar al agente, dejando sus cintas y cuadernos y medias a la vista sobre el asfalto mientras le presentaba la cadenilla metálica con los rectángulos brillantes de las tarjetas plastificadas. El agente examinó las acreditaciones y se las tiró de vuelta con mirada opaca. Para cuando por fin la dejaron subir al avión, los equipos de filmación ya se habían dividido los almuerzos (solo quedaban las sobras del asado del día anterior y la opción vegetariana, le dijo el reportero de la Knight-Ridder que tenía sentado al lado, pero no se estaba perdiendo nada porque la opción vegetariana no era más que el asado del día anterior sin la carne) y el pasillo ya estaba todo resbaladizo por culpa de las peleas por la comida y alguien había manipulado el sistema de megafonía para que sonaran cintas de rap y al hacerlo había desconectado la nevera de la cocina de a bordo. Y era por eso por lo que, al abandonar la campaña a la una y cuarenta de la madrugada del día siguiente en el lobby del Hyatt Wilshire de Los Ángeles, todavía estaba en ayunas, salvo por la Coca-Cola de la parada para repostar en Kansas City y la guarnición de brotes de alfalfa mustios que el reportero de la Knight-Ridder no se había querido comer, desde hacía veintiocho horas.

Más adelante recalcaría este dato.

Más adelante, cuando llamara a la central desde el LAX, recalcaría el hecho de que llevaba veintiocho horas sin comer nada.

No mencionaría nada de su padre.

«Perdona que consuma tu tiempo, pero he estado intentando llamar a tu madre y el gilipollas ese con el que vive se niega a ponerme con ella.»

Y tampoco mencionaría nada sobre Catherine.

«Teníamos una vida de verdad y ahora no la tenemos y solo porque soy tu hija se supone que me tiene que gustar, pero no me gusta.»

No mencionaría nada de su padre ni tampoco de Catherine, ni tampoco mencionaría el olor a jazmín ni la alfombra de pétalos azules de jacaranda que cubría la acera de delante de la gala benéfica de famosos.

«Compañía pública pequeña sin futuro, comprada como paraíso fiscal, sin saber nada del negocio del petróleo –había anotado en su cuaderno el día de 1968 en que había entrevistado al padre de Wynn Janklow–. Me acuerdo de que dije que quería echar un vistazo a nuestros pozos petroleros, me acuerdo de que paré en una tienda para comprar película para la cámara, para la pequeña Brownie que llevaba, era la primera vez que veía un pozo petrolero y quería fotografiarlo. Así que fuimos con el coche hasta Dominguez Hills y sacamos unas fotos. Por aquella época estábamos extrayendo arenas bituminosas de entre tres kilómetros y medio y cuatro kilómetros de profundidad, sin llegar todavía a revelar viscosidad. Y hoy en día la ciudad de Los Ángeles es una de las grandes zonas de producción petrolífera del mundo, con diecisiete yacimientos activos dentro de los límites municipales. Fox, Hillcrest, Pico cerca de Doheny, Cedars, United Artists, UCLA, ochocientos kilómetros de oleoductos por debajo de la ciudad, la oposición a las perforaciones no es racional, es un problema psiquiátrico, todo el tiempo que mi hijo se pasó jugando a béisbol en el instituto Beverly Hills me lo pasé extrayendo petróleo de un yacimiento que quedaba justo al lado de la tercera base, él solía llevar a chicas allí y les enseñaba las bombas de extracción.»

El viejo levantó la vista cuando su hijo entró en el despacho.

Pregúntele si no lo hacía, dijo el viejo.

Crudo de Beverly Hills, dijo el hijo, y ella se casó con él.

Levántate.

Recupérate de la caída.

Llevaba veintiocho horas sin comer nada, le dijo Elena a la central.

Como si a la central le importara.

6

En el avión a Miami de aquella mañana había experimentado un breve momento de pánico, una sensación de no avanzar, de estar inmóvil, como cuando das los primeros pasos después de apearte de una cinta transportadora. Ahora que estaba fuera de la campaña, ya no recibiría cifras a primera hora de la mañana. Ahora que estaba fuera de la campaña, ya no recibiría estrategias, contraestrategias, rumores y refutaciones. La campaña ya debía de ir rumbo a San José, con su asiento en el DC-9 vacío, y ella estaba sentada sola en un vuelo de la Delta a Miami que se había pagado de su bolsillo. La campaña seguiría rumbo a Sacramento a mediodía y a San Diego a la una y a Los Ángeles a las dos, y ella seguiría sentada en aquel vuelo de la Delta a Miami que se había pagado de su bolsillo.

No era más que un descanso, se dijo. Un respiro merecido. Había estado exigiéndose demasiado, haciendo malabarismos con demasiadas bolas, tan inmersa en la historia que ya ni podía verla.

Era posible incluso que esto fuera una manera alternativa de entrar en la historia.

En pleno subidón de aquella reconfortante interpretación, se pidió un vodka con zumo de naranja y se quedó dormida antes de que se lo trajeran. Cuando se despertó sobrevolando lo que debía de ser Texas, tardó un momento en acordarse de por qué estaba en aquel avión sedante pero desconocido. «Comunicados de prensa matinales en el Hyatt Wilshire», había informado el programa de Los Ángeles, y el autobús había llegado por fin al Hyatt Wilshire y todo lo referente a la prensa se había organizado desde Chicago, pero el nombre de ella no estaba en la lista y no había sitio. Chicago la había cagado, para variar, la secretaria de prensa de la expedición se había encogido de hombros. Encuentra a alguien, comparte plaza, el despegue es a las seis en punto. Recordaba una fatiga cercana al vértigo. Recordaba haber pasado un rato que pareció muy largo frente al mostrador, mirando cómo los niños en apariencia incansables con los que había cruzado el país echaban a andar en dirección al bar y al ascensor. Recordaba haber recogido su bolsa y el estuche de su ordenador y haber salido a la fría noche de California con su chaqueta de tela de gabardina y haberle preguntado al portero si le podía encontrar un taxi al LAX. No había llamado a la central hasta tener la tarjeta de embarque del vuelo a Miami.

7

Cuando llegó a las cinco y media de aquella tarde a la casa de Sweetwater, la puerta mosquitera no tenía echado el pestillo, el televisor estaba encendido y su padre dormía en un sillón, con el mando a distancia en la mano, una copa a medio terminar y una lata de puré de alubias con jalapeños junto al brazo. Era la primera vez que Elena McMahon veía aquella casa, pero resultaba indistinguible de la casa de Hialeah y del anterior apartamento de Opa-Locka, y también de la casa a medio camino entre Houston y la NASA. No eran más que sitios que su padre alquilaba, y todos se parecían entre sí. La casa de Las Vegas había sido distinta. Cuando tenían la casa de Las Vegas, la madre de Elena todavía vivía con él.

«Perdona que consuma tu tiempo, pero he estado intentando llamar a tu madre y el gilipollas ese con el que vive se niega a ponerme con ella.»

Ya se haría cargo de eso más tarde.

Se había hecho cargo del avión y ya se haría cargo de eso.

Se sentó en un taburete de la barra que separaba la sala de estar de la cocina y se puso a leer el *Herald* de Miami que había cogido en el aeropuerto, de forma muy metódica, todas las páginas en orden, de la columna uno a la ocho, sin pasar páginas para acabar un artículo y echando solo algún que otro vistazo rápido a la pantalla del televisor. El reportero de la Knight-Ridder que había estado sentado a su lado en el avión el día anterior parecía haber basado su informe exclusivamente en la historia de los votantes más favorables que habían movido las agencias. «Expertos políticos de California están diciendo que se producirá un cambio dramático de último minuto en la intención de voto del electorado de las primarias», empezaba su artículo, engañosamente. Un rehén americano que había escapado del Líbano pasando por Damasco había manifestado en su rueda de prensa que durante su periodo de cautividad no solo había perdido la fe en las enseñanzas de la Iglesia, sino también en Dios. «Rehén cuenta su crisis de fe», decía el titular, también engañosamente. Se planteó varias formas de escribir un titular más preciso (¿«Rehén cuenta su pérdida de fe»?, ¿«Rehén sucumbe a su prueba de fe»?), luego dejó el *Herald* y examinó a su padre. Se había hecho viejo. Ella lo había llamado en Navidad y había hablado con él la semana anterior desde Laguna, pero no lo había visto, y en algún momento entre una cosa y otra se había hecho viejo.

Iba a tener que decirle otra vez lo de su madre.

«Perdona que consuma tu tiempo, pero he estado intentando llamar a tu madre y el gilipollas ese con el que vive se niega a ponerme con ella.»

Ella se lo había dicho por teléfono desde Laguna, pero él no lo había captado, y ahora se lo iba a tener que decir otra vez, él querría hablar del tema.

De pronto se le ocurrió que había venido justamente para eso.

Había llegado al LAX con toda la intención de volverse a Washington y sin embargo se había oído a sí misma pidiendo un vuelo a Miami.

Y había pedido un vuelo a Miami porque iba a tener que decirle otra vez lo de su madre.

El hecho de que su madre hubiera muerto no iba a cambiar el rumbo vital de su padre, pero sí que sería un tema del que debían hablar, sería algo por lo que iban a tener que pasar.

No les haría falta hablar de Catherine. O mejor dicho: él le preguntaría cómo estaba Catherine y ella diría que bien y luego él le preguntaría si a Catherine le gustaba la escuela y ella diría que sí.

Iba a tener que llamar a Catherine. Iba a tener que decirle a Catherine dónde estaba.

«Teníamos una vida de verdad y ahora no la tenemos y solo porque soy tu hija se supone que me tiene que gustar, pero no me gusta.» Llamaría a Catherine más tarde. Llamaría a Catherine al día siguiente.

Su padre roncaba, unos ronquidos irregulares de apnea, y se le cayó el mando a distancia de la mano. En la pantalla del televisor apareció el rótulo *Broward en Primer Plano*, sobre unas imágenes de lo que parecía ser una mezquita de Pompano Beach. El reportaje explicaba que en aquella mezquita se habían prohibido las discusiones políticas porque muchos de los que el reportero llamaba los musulmanes de Pompano venían de países que estaban en guerra entre sí. «Por lo menos en el condado de Broward —concluyó el reportero—, muchos musulmanes que solo han conocido la guerra ahora pueden encontrar la paz.»

Aquello también era engañoso. Se le ocurrió que quizá lo engañoso fuera el concepto mismo de «noticias», un pensamiento liberador. Recogió el mando a distancia y pulsó el botón de quitar el sonido.

—Moros de mierda —dijo su padre sin abrir los ojos.

—Papá —dijo ella en tono vacilante.

—Hay que tirarles la bomba atómica a esos moros de mierda. —Abrió los ojos—. Kitty. No. Dios bendito. No hagas eso.

—No soy Kitty —dijo ella—. Soy su hija. Tu hija.

No sabía cuánto rato llevaba llorando, pero cuando rebuscó en su bolsa en busca de un pañuelo de papel, solo encontró bolas de papel mojadas.

—Soy Elena —dijo por fin—. Soy yo.

—Ellie —dijo su padre—. Qué demonios.

Este sería un punto posible por donde empezar esta historia. El momento en que el padre de Elena McMahon se involucró con la gente que quería hacer el trato con Fidel para recuperar el Sans Souci sería otro.

Tiempo atrás. Mucho antes. Se podría llamar antecedentes.

He aquí otro punto por donde se podría empezar, también antecedentes, una simple imagen: un Cessna de un solo motor volando bajo, dejando caer un rollo de papel higiénico sobre un claro de los manglares, el papel desenrollándose y haciendo bucles mientras se engancha en las copas de los árboles, y luego el Cessna ganando altura mientras se ladea para recuperar su trayectoria. Un hombre, el padre de Elena McMahon, el mismo hombre de la casa de Sweetwater pero mucho más joven, recoge el cilindro de cartón, cuyos extremos están cerrados con cinta aislante. Corta la cinta aislante con una navaja militar. Saca un papel. «Suspender todas las actividades –dice el papel–. Informar sin demora.»

22 de noviembre de 1963.

La nota a pie de página aportada por Dick McMahon a la historia.

Treat Morrison estaba en Indonesia el día en que aquel rollo de papel higiénico cayó flotando sobre los Cayos.

Haciendo un encargo especial en el consulado de Surabaya.

Cerraron a cal y canto las puertas del consulado y no las volvieron a abrir en tres días.

La nota a pie de página aportada por Treat Morrison a la historia.

8

Sigo creyendo en la historia.

Dejadme que corrija esto.

Sigo creyendo en la historia en la medida en que creo que la historia la escriben de forma exclusiva y al azar gente como Dick McMahon. Sigue habiendo por ahí más gente como Dick McMahon de la que os imagináis, la mayoría ya viejos pero todavía en activo, con un pie todavía dentro, mangoneando aquí y allá, manteniéndose a flote. Todavía son capaces de conseguir unos cuantos jeeps en Shreveport, todavía pueden pillar unas cuantas lanchas en Beaumont, todavía pueden hacerse cargo de la llamada a medianoche de un tipo que necesita doscientos o trescientos rifles automáticos Savage con miras telescópicas. Puede que no se acuerden de todos los nombres que usaban, pero sí se acuerdan de los nombres que no usaban. Puede que tengan problemas para recordar bien los detalles de todo lo que sabían, pero sí recuerdan haberlo sabido.

Recuerdan que hicieron algunas jugadas.

Recuerdan que tenían un conocimiento personal de ciertas acciones.

Recuerdan haber conocido a Carlos Prío, recuerdan haber oído ciertas teorías sobre su suicidio. Recuerdan haber conocido a Johnny Roselli, recuerdan haber oído ciertas teorías acerca de cómo terminó dentro del bidón de petróleo en bahía Biscayne. Recuerdan muchas situaciones en las que ciertos tipos se presentaban en plena noche pidiendo algo y dos o tres días después esos mismos idénticos tipos aparecían en San Pedro Sula o en Santo Domingo o en Panamá en medio de toda la acción.

Joder, si tuviera un dólar por cada vez que alguien me ha venido a decir que estaba pensando en dar un golpe, ahora sería rico, dijo el padre de Elena McMahon el día en que ella se iba a donde él tenía amarrado el *Kitty Rex*.

Durante las dos primeras semanas en la casa de Sweetwater, Elena se dedicó a conservar sus energías a base de no fijarse en nada. Así fue como se lo explicó a sí misma, diciéndose que estaba conservando energía, como si la atención fuera un combustible fósil. Fue con el coche a Key Biscayne y dejó la mente en barbecho, dedicándose a absorber únicamente la llanura blanqueada del paisaje, el mar de color aguamarina claro, el cielo gris, las dunas de arena blanca de coral y los esqueletos de roble perenne y de adelfas destrozados por la acción de las tormentas. Un día en que llovió y soplaba el viento dio un paseo por la parte más baja, vencida por la necesidad de sentir cómo el agua le lamía las sandalias. Para entonces ya se había deshecho de su ropa, se había quedado con lo esencial, había concentrado sus necesidades, había envuelto su chaqueta de tela de gabardina y sus paquetes de medias sin abrir y los había metido —una despedida tácita a las distracciones del clima templado— en un buzón de Goodwill de la calle Ocho.

Por aquí hay quien se pregunta qué estás haciendo, le dijo la central cuando llamó para decir que estaba en Miami. Siegel te ha estado cubriendo las espaldas, pero comprende que vamos a tener que poner a alguien ahí de cara a noviembre.

Me parece justo, dijo ella.

Elena todavía no había conservado la suficiente energía como para ponerse a pensar otra vez de cara a noviembre.

En un momento dado al final de cada jornada, Elena se concentraba en encontrar algo que su padre quisiera comer, algo que él no apartara de inmediato para tomarse otra copa, y se iba a un local del centro que recordaba que a él le gustaba y pedía unos recipientes de alubias negras o de gambas en salsa de ajo que pudiera recalentar más tarde.

Es del Floridita, decía cuando su padre miraba su plato sin interés.

¿El de La Habana?, preguntaba él, escéptico.

El de aquí, respondía ella. El Floridita de la calle Flagler. Al que solías llevarme.

El Floridita que tu madre y yo conocíamos era el de La Habana, decía él.

Y como la repetición de una jugada, eso a su vez llevaba a que su padre volviera a contarle la noche que habían estado en el Floridita —creía que en 1958— con su madre y con Carlos Prío y Fidel y uno de los Murchison. El Floridita de La Habana, especificaba cada vez. El de La Habana era el Floridita que conocíamos tu madre y yo, pero qué buenos ratos pasamos allí, carajo, pregúntale a tu madre, ella te lo dirá.

Y eso a su vez llevaba, en el mismo formato de repetición de la jugada, a que Elena volviera a explicarle que su madre estaba muerta. Y cada vez que se lo volvía a contar, él parecía entenderlo. Mierda, decía. Kitty está muerta. Y le hacía repetir ciertos detalles, como para fijar aquel dato evanescente.

No, ella no había sabido que Kitty estaba tan enferma.

No, ella no había visto a Kitty antes de que muriera.

No, no había habido funeral.

Sí, la habían incinerado.

Sí, el último marido de Kitty se llamaba Ward.

Sí, era verdad que Ward solía vender productos farmacéuticos, pero no, ella no lo calificaría de camello, y no, ella tampoco pensaba que hubiera pasado algo sospechoso. En cualquier caso, Ward no era la cuestión aquí, la cuestión era que su madre estaba muerta.

Entonces a su padre se le enrojecían los ojos y apartaba la cara.

Kitty preciosa, decía como si hablara para sí mismo. Mi Kit-Cat.

Media hora más tarde volvía a quejarse de que había intentado hablar con Kitty anoche o la noche anterior y que el cabrón del camello con el que vivía se había negado a ponerle con ella.

Porque no podía, le repetía Elena. Porque Kitty ha muerto.

A veces, cuando sonaba el teléfono en plena noche, Elena se despertaba y oía que se cerraba la puerta de la casa y que arrancaba el motor de un coche, el Cadillac Seville descapotable del 72 de su padre, que siempre estaba aparcado sobre la hierba puntiaguda de delante de la habitación en la que ella dormía. Los faros barrían el techo del cuarto mientras él daba marcha atrás para salir a la calle. La mayoría de las noches ella se levantaba y abría una botella de cerveza y se sentaba en la cama a bebérsela hasta que se volvía a quedar dormida, pero una noche la cerveza no funcionó y Elena todavía estaba despierta, plantada descalza en la cocina y viendo una maratón televisiva local en la que una residente de West Palm Beach con vestido de lentejuelas parecía estar cantando góspel, cuando su padre llegó al amanecer.

Qué coño, dijo su padre.

«I said to Satan get thee behind me», estaba cantando en la pantalla del televisor la mujer del vestido de lentejuelas.

No deberías conducir, le dijo Elena.

«Victory today is mine.»

Claro, lo que debería hacer es quitarme la dentadura e irme al geriátrico, dijo él. Joder, ¿me quieres matar también o qué?

La mujer del vestido de lentejuelas dio una sacudida enérgica al cable del micrófono mientras pasaba a cantar «After You've Been There Ten Thousand Years» y Dick McMahon trasladaba su rabia parpadeante a la pantalla del televisor. He estado ahí diez mil años y todavía no te quiero ver, chata, le gritó a la mujer del vestido de lentejuelas. Porque no vales un carajo, chata, vales menos que un carajo, eres gentuza. Para cuando se volvió a concentrar en Elena ya se había ablandado, u olvidado. ¿Me pones una copa?, le dijo.

Ella le puso una copa.

Si tienes algún interés en lo que estoy haciendo, le dijo su padre mientras ella se sentaba frente a él a la mesa, lo único que puedo decir es que va a ser muy grande.

Ella no dijo nada. Llevaba desde la infancia entrenándose para no tener ningún interés por lo que estuviera haciendo su padre. Solo le había resultado difícil cuando le tocaba rellenar un formulario que preguntaba: «Ocupación del padre». Hacía tratos. «¿Hace tratos?» No. Normalmente Elena se decantaba por «Inversor». Si salía el tema en la conversación, decía que su padre compraba y vendía cosas, dejando abierta la posibilidad, en aquellas partes del país en las que había vivido hasta 1982, ciudades deterioradas del sudoeste subidas a la cresta de la ola inmobiliaria, que lo que compraba y vendía fueran bienes inmuebles. Elena había perdido su beca de la Universidad de Nevada porque la administración había cambiado los criterios para otorgar ayudas, del mérito a la necesidad, y ella se había dado cuenta de que sería una pérdida de tiempo pedirle a su padre que rellenara un informe financiero.

Lo más arriba que se puede llegar, dijo él. Primera división.

Ella no dijo nada.

Como este me salga como me tiene que salir, dijo él, estaré en posición de retirarme de la partida, cobrar mis fichas, llevarme el *Kitty Rex* más allá de Cayo Largo y quedarme allí. Darme la gran vida. Pescar y hacer el vago en los bajíos. No era mi idea original de pasarlo bien, pero es mejor que quedarse aquí sentado envejeciendo.

¿Y exactamente quién dirige este?, dijo ella con cautela.

¿A ti qué te importa?, dijo él, repentinamente receloso. ¿Cuándo te importó a ti quién dirigía ninguno?

Lo que quiero saber, dijo ella, es cómo ha decidido el que dirige este hacerlo a través de ti.

¿Por qué no iban a hacerlo a través de mí?, dijo él. Todavía no se me han caído los dientes. Todavía no estoy en el asilo. No gracias a ti.

Dick McMahon cerró los ojos, hostil, y no se volvió a despertar hasta que ella le cogió el vaso de la mano y le echó una manta de algodón sobre la piernas.

¿Qué sabes de tu madre?, le dijo él.

9

Aquella fue la mañana, la del 15 de junio, un viernes, en que Elena debería haberse dado cuenta de que era hora de salir por piernas. Ella sabía salir por piernas. Lo había hecho muchas veces. Salir por piernas, mientras todavía pudiera, largarse sin más. Se había largado sin más de casa de su madre, por ejemplo. Y mira adónde la había llevado eso. Había volado a Laguna nada más recibir la llamada, pero no había habido funeral. Su vuelo de conexión con el John Wayne llevaba retraso y para cuando llegó bajo el frío crepúsculo de mayo ya habían incinerado a su madre. Ya sabes lo que pensaba Kitty de los funerales, le dijo varias veces Ward. La verdad es que nunca le oí decir nada de los funerales, dijo Elena por fin, con la única intención de escuchar más cosas que su madre hubiera dicho o pensado, pero Ward se limitó a mirarla como si estuviera dolido. Luego le dijo que podía hacer lo que quisiera con los despojos, las cenizas o como fuera que se llamaran, pero que en caso de que no tuviera nada concreto en mente él ya había llegado a un acuerdo con la Neptune Society. Ya sabes lo que pensaba Kitty de los océanos abiertos, dijo. Los océanos abiertos eran otra cosa que Elena no recordaba haber oído mencionar nunca a su madre. O sea que si te da igual, le dijo Ward, visiblemente aliviado por su silencio, seguiré adelante con lo planeado.

Elena se encontró a sí misma preguntándose cuál era el tiempo mínimo razonable que podía quedarse allí.

Del John Wayne ya no salía ningún vuelo, pero podía tomar el primer avión de la mañana que saliera del LAX. Solo tenía que coger la 405 y tirar millas.

En el dormitorio estaba la hija de Ward, Belinda, empaquetando lo que ella llamaba los efectos personales. Los efectos personales irían a la tienda de caridad del hospital de paliativos, le dijo Belinda, pero ella sabía que Kitty habría querido que Elena se quedara lo que quisiera. Elena abrió un cajón, consciente de que Belinda la estaba observando.

Kitty no se cansaba nunca de mencionarte, dijo Belinda. Siempre que venía a rellenarle los impresos del seguro médico o algún otro detalle, ella encontraba la forma de sacarte a colación. A veces era porque la acababas de llamar desde donde fuera.

El cajón parecía estar lleno de turbantes, caperuzas y tocados amorfos que Elena no pudo asociar con su madre.

O porque no la habías llamando, dijo Belinda. Estos se los compré para la quimio.

Elena cerró el cajón.

Movida por el tenue deseo de conservar algo de su madre e impedir que terminara en la tienda de caridad del hospital, intentó acordarse de algún objeto al que su madre concediera una importancia especial, pero al final solo se quedó con una pulsera de marfil que recordaba que había llevado su madre y una foto arrugada, rescatada de una caja de cartón que llevaba la inscripción PARA TIRAR, que mostraba a sus padres sentados en sillas metálicas plegables de jardín a ambos lados de una barbacoa portátil instalada delante de la casa de Las Vegas. Antes de marcharse estuvo en la cocina contemplando cómo Ward demostraba su habilidad para calentar en el microondas una de las varias docenas de cazuelitas de comida que había apiladas en el congelador. Tu madre las preparó antes del final, dijo Belinda, levantando la voz para hacerse oír por encima de *Jeopardy*. Kitty habría acertado de calle, dijo Ward cuando un concursante de la pantalla erró la respuesta a una pregunta de la categoría Viajeros Famosos. Mira lo que hace, dijo Belinda como si Ward no la pudiera oír. No para de meter el nombre de Kitty en la conversación, igual que hacía Kitty con el tuyo. Dos horas más tarde Elena ya estaba en el LAX, intentando sacar dinero de un cajero automático e incapaz de acordarse ni de su clave bancaria ni del apellido de soltera de su madre.

«A veces era porque la acababas de llamar desde donde fuera.»

A salvo en las profundidades del vacuo limbo del lounge de la United, se bebió dos vasos de agua y trató de acordarse del número de su tarjeta de prepago.

«O porque no la habías llamado.»

Treinta y seis horas más tarde estaba en el asfalto de la pista de Newark con el agente que preguntaba dónde estaba el perro, sin el perro vamos a pasarnos el día entero para inspeccionar todo esto.

Y había salido por piernas también de aquello.

Se acabaron los horarios, se acabó el confeti, se acabaron los globos flotando libres.

· Se había largado de aquello igual que se había largado de la casa de la Pacific Coast Highway. Ella no pensaba en Wynn, pensaba en la casa de la Pacific Coast Highway.

Suelos de azulejos, paredes blancas, almuerzos dominicales después del tenis.

Hombres con bronceados uniformes y manicuras recientes, mujeres con servicios rompedores y cuerpos minuciosamente tonificados para evitar las estrías; siempre un actor o dos o tres, a menudo un jugador recién retirado del circuito. «Lo bonito es que el Departamento de Justicia se lleva la misma comisión –decía Wynn por teléfono, y luego, tapando el auricular con la mano–: Dile a quien sea que tengas en la cocina que es hora de sacar el almuerzo.» Nada habría cambiado en aquellas tardes de domingo salvo una cosa: ahora sería la oficina de Wynn, y no Elena, quien llamara al servicio de catering que traía el almuerzo.

Las enormes bicicletas Stella todavía flanquearían la puerta. Wynn seguiría despertándose por la noche cuando la marea llegaba a su punto más bajo y el mar quedaba en silencio.

«Mierda, ¿qué está pasando ahí fuera?»

Olor a jazmín, alfombra de pétalos de jacaranda, un azul tan intenso que te podrías ahogar en él.

«Teníamos una vida de verdad y ahora no la tenemos y solo porque soy tu hija se supone que me tiene que gustar, pero no me gusta.»

¿Qué tenías exactamente en Malibú que no tengas ahora?, le preguntó a Catherine, y Catherine cayó de cabeza en la trampa, ni siquiera lo vio venir. En Malibú abrías la puerta y estabas en la playa, le contestó Catherine. O en el jacuzzi. O en la piscina.

¿Algo más?, preguntó Elena en tono neutro.

La pista de tenis.

¿Eso es todo?

Los tres coches, dijo Catherine después de un silencio. Teníamos tres coches.

Un jacuzzi, dijo Elena. Una piscina. Una pista de tenis. Tres coches. ¿Esa es tu idea de lo que es una vida de verdad?

Catherine, humillada, superada en astucia, colgó el teléfono de un golpe.

Olor a jazmín, alfombra de pétalos de jacaranda.

Una idea igualmente indefendible de lo que es una vida de verdad.

Estaba pensando en aquello cuando volvió a llamar Catherine.

«Tenía a mi padre, muchas gracias.» Estaba a punto incluso de largarse y abandonar a Catherine.

Lo sabía. Conocía las señales. Estaba dejando de ver claramente a Catherine. Estaba perdiendo impulso con Catherine. Si pudiera plantearse siquiera abandonar a Catherine ciertamente se largaría de aquella casa de Sweetwater. El hecho de que no lo hiciera fue el inicio de la historia tal como llegó a verla alguna gente de Miami.

10

«He declarado en frecuentes ocasiones que no tengo intención de escribir notas autobiográficas de ninguna clase ni tampoco ninguna versión de los acontecimientos que he presenciado y en los que he influido. Hace mucho tiempo que tengo la firme convicción de que los hechos, para bien o para mal, hablan por sí mismos, persiguen, por así decirlo, sus propios fines. Tras reseñar una serie de crónicas publicadas de algunos de esos acontecimientos, sin embargo, he llegado a la conclusión de que mi papel en ellos se ha representado engañosamente. Por consiguiente, en esta mañana de domingo de agosto, con una tormenta tropical viniendo del sudeste y una fuerte lluvia cayendo ya delante de estas oficinas que estoy a punto de abandonar en el Departamento de Estado de la ciudad de Washington, distrito de Columbia, he decidido plasmar de la forma más concisa posible, y con tanto detalle como permita la seguridad nacional, ciertas acciones que emprendí en 1984 en relación con lo que llegaría a conocerse como el suministro letal, para distinguirlo del humanitario.»

Así empieza la transcripción de cuatrocientas setenta y seis páginas de la declaración grabada que Treat Morrison entregó a la Biblioteca Bancroft de Berkeley, junto con instrucciones para que los académicos no pudieran acceder a ella hasta pasados cinco años de su muerte.

Y ahora han pasado esos cinco años.

Igual que ha pasado, tal como él debió de calcular, cualquier vestigio de interés por el tema de lo que llegó a conocerse como el suministro letal, para distinguirlo del humanitario.

O eso parece.

Dado que, siete años después de la muerte de Treat Morrison y dos años después de que se permitiera el acceso a la transcripción, sigo siendo la única persona que ha pedido verla.

MORRISON, TREAT AUSTIN, embajador independiente; n. San Francisco, 3 mar. 1930; h. de Francis J. y Margaret (Austin) M.; lic. por la Univ. de Calif. en Berkeley, 1951; grad. por el National War College, 1956; casado con Diane Waring, 5 dic. 1953 (muerta en 1983). Nombrado tte. sdo. del Ejército Estadounidense en 1951, sirviendo en Corea, Alemania y como agregado mil. en Chile, 1953-54; ayte. esp. de la comandancia en el Cuartel Supremo de las Potencias Aliadas en Europa, París, 1955; agregado a la Misión de Estados Unidos en las Comunidades Europeas, Bruselas, 1956-57.

Así empezaba la entrada de Treat Morrison en el *Quién es quién*.

Y seguía.

Se enumeraban todos sus destinos, se especificaban todos sus pasos por el sector privado.

Todo estaba allí.

Hasta llegar a «Oficina: Depto. de Estado, 2201 calle C, N. W., Washington D. C. 20520».

Sin dar ni la más mínima pista de lo que Treat Morrison hacía en realidad.

Que era arreglar cosas.

Lo más destacable de aquellas cuatrocientas setenta y seis páginas que Treat Morrison entregó a la Biblioteca Bancroft, igual que pasaba con su entrada del *Quién es quién*, no era tanto lo que se decía como lo que no se decía. Lo que se decía era bastante predecible, «globalismo frente a regionalismo», «la enmienda Boland», «naciones fallidas», «intervenciones correctas», «enfoque multilateral», «Directiva 25, Resolución 427», «criterios no seguidos», nada que Treat Morrison no pudiera haber dicho en el Consejo de Relaciones Exteriores, nada que no hubiera dicho ya, en aquella sala con paneles de madera y el retrato de David Rockefeller y los viejos dormitando y los jóvenes haciendo preguntas engoladas de manual y las jóvenes gráciles de pie al fondo como si fueran geishas, antes de subirse a una lanzadera y tomar un vuelo de vuelta con alguien del sector privado, quizá aprender algo para variar, te sorprendería, tienen sus proyecciones propias, sus analistas de riesgo propios, sin burocracia, sin compromisos con ideologías rancias, sin todas esas preguntas engoladas de manual, se pueden permitir estar ahí al frente de la curva del poder, los tipos de la empresa privada están a años luz por delante de nosotros.

A veces.

Cuatrocientas setenta y seis páginas sobre intervenciones correctas y ni una sola pista acerca del hecho de que, para Treat Morrison, una intervención correcta era una intervención en la que cuando se te acababan las opciones todavía podías hacer llegar a tu gente al aeropuerto.

Cuatrocientas setenta y seis páginas y solo una velada sugerencia sobre la espectacular indiferencia de Treat Morrison hacia los intereses y preocupaciones convencionales de su profesión, un solo vislumbre fugaz e indirecto de su particular inadaptación, que consistía en ser un manipulador de conceptos abstractos cuyo interés exclusivo estaba en lo específico. Se puede entrever un asomo de esa inadaptación en la «tormenta tropical viniendo del sudeste y una fuerte lluvia cayendo ya», un minúsculo desliz antes de recuperarse ampulosamente con «delante de estas oficinas que estoy a punto de abandonar en el Departamento de Estado de la ciudad de Washington, distrito de Columbia».

Ni un solo indicio de su mirada fija y medio enloquecida.

«La amplia mirada de espuma hacia el paraíso», dijo Elena McMahon la primera vez que estuvo a solas con él.

Él no dijo nada.

Es un poema, dijo ella.

Él siguió sin decir nada.

Algo acerca de «galeones de fuego del Caribe», luego no sé qué más y termina con «la amplia mirada de espuma de la foca hacia el paraíso».

Él la observó sin hablar. Diane leía poesía, dijo al fin.

Hubo un silencio.

Diane era su mujer.

Diane estaba muerta.

«Diane Morrison, 52 años, esposa de, tras una breve enfermedad, la sobreviven, en vez de flores.»

Lo de los fuegos del Caribe no era la parte que yo tenía en mente, dijo finalmente Elena.

Sí lo era, dijo Treat Morrison.

11

Lo que nos hace falta aquí es un montaje, con música. *(La cámara muestra a Elena.)* Sola en el muelle donde su padre amarraba el *Kitty Rex.* Soltando una astilla de los tablones del suelo con la punta de la sandalia. Quitándose el pañuelo de la cabeza y sacudiéndose el pelo humedecido por el aire cargado y dulzón del sur de Florida. *(Corte a Barry Sedlow.)* De pie en la puerta de la cabaña de madera, bajo el letrero que dice SE ALQUILAN BARCAS GASOLINA CEBOS CERVEZA MUNICIÓN. Apoyado en el mostrador. Mirando a Elena a través de la puerta mosquitera mientras espera el cambio. *(La cámara muestra al dueño.)* Metiendo un billete de mil dólares bajo la bandeja de la caja registradora, devolviendo la bandeja a su sitio, contando los billetes de cien.

Los de cien podías darlos en cualquier parte.

Allí, en el aire cargado y dulzón del sur de Florida.

Con La Habana tan cerca que se podían ver los Chevrolet Impala de dos tonos en el Malecón.

Qué buenos ratos pasamos allí, carajo.

La música te traía el aire cargado y dulzón, la música te traía La Habana.

(Imaginarse cuál era la música mientras:) Barry Sedlow doblaba los billetes y los metía en su billetera de clip sin mirarlos, abría la puerta mosquitera con el pie y se alejaba caminando por el muelle, con un ligero deje en la forma de andar, una proyección clara de algo que una mujer menos recelosa que

Elena podría confundir *(podría confundir, confundiría, confundió, quería confundir, necesitaba confundir)* con sexo.

(Primer plano de Elena.) Mirando a Barry Sedlow.

—Parece que estás esperando a alguien —dijo Barry Sedlow.

—Creo que a usted —dijo Elena McMahon.

Su padre había empezado a tener fiebre a última hora de la tarde del sábado 16 de junio. Ella se había dado cuenta de que algo pasaba porque eran las diez y todavía no había tocado la copa que le había preparado a las siete, y que ahora tenía un color moteado por culpa del hielo derretido.

—No sé qué esperaba sacar ese mala pieza presentándose aquí —dijo alrededor de la medianoche.

—¿Qué mala pieza? —dijo ella.

—¿Cómo se llama? Epperson, Max Epperson, el tipo al que le has estado haciendo arrumacos esta noche.

Ella no dijo nada.

—¿Qué pasa? —dijo él—. ¿Se te ha comido la lengua el gato?

—No recuerdo haber visto a nadie esta noche aparte de a ti —dijo ella por fin.

—Epperson. No el tío del chaleco de Mickey Mouse. El otro.

Ella formuló su respuesta con cuidado.

—Supongo que no me habré fijado en ninguno de los dos.

—En Epperson sí que te has fijado, ya lo creo.

Ella se lo pensó.

—Escucha —le dijo entonces—. Aquí no ha venido nadie.

—Lo que tú digas —repuso su padre.

Elena fue con el coche a una tienda abierta las veinticuatro horas para comprar un termómetro. Cuando consiguió tomarle la temperatura, estaba casi a treinta y nueve. Por la mañana le había subido a treinta y nueve y medio, y lo llevó a urgencias del Jackson Memorial. No era el hospital más cercano, pero sí el que ella conocía; un director al que Wynn y ella conocían había estado filmando allí, Catherine estaba de vacaciones de Semana Santa y la habían llevado a visitar el rodaje. Nada que no se arregle con un bourbon a palo seco, dijo su padre cuando la enfermera de triaje le preguntó qué le pasaba. A mediodía ya lo habían ingresado y Elena había firmado los formularios y le habían explicado la diferencia entre el seguro médico Medicare A y el B, pero cuando volvió a subir a la habitación su padre se había intentado arrancar el suero intravenoso y había sangre por todas las sábanas y estaba llorando.

—Sácame de aquí —le dijo—. Joder, sácame de aquí.

La enfermera a cargo del suero estaba en otra planta, y para cuando volvió y le puso otra vez el gotero resultó que la enfermera que tenía las llaves del armario de los narcóticos estaba en otra planta, y eran ya casi las cinco cuando por fin lo pudieron sedar. Al amanecer le había bajado la fiebre a menos de treinta y ocho y medio, pero lo único que tenía en la cabeza era Max Epperson. Epperson no estaba cumpliendo con su palabra. Epperson había planteado una cifra de tres dólares por unidad de 69, y ahora afirmaba que el mercado había caído a dos por unidad. Alguien tenía que hacer entrar en razón a Epperson, Epperson podía joderles todo el trato, Epperson estaba salido de madre, no tenía ni puñetera idea del negocio en que andaba metido.

—No estoy segura de saber en qué negocio anda metido Epperson —dijo ella.

—Joder, ¿en qué negocio andan metidos todos ellos? —dijo su padre.

Iban a tener que hacerle más análisis de sangre para llegar a un diagnóstico, dijo el residente. El residente llevaba un polo de color rosa y no apartaba la vista del mostrador de las enfermeras, como para distanciarse de la situación y de Elena. Iban a tener que hacerle un escáner, una resonancia magnética, iban a tener que hacerle algo más cuyo nombre ella no entendió. Por supuesto, iban a tener que pedir una evaluación psiquiátrica, aunque las pruebas de confusión mental no constituían en sí mismas un criterio diagnóstico. Dicha confusión mental, si es que era tal, era un incidente, una complicación secundaria. Fuera cual fuera el diagnóstico, no era raro ver un brote psicótico con fiebre tan alta en un paciente de esa edad.

—No es tan viejo —dijo ella. Era discutir por discutir, pero le caía mal el residente—. Tiene setenta y cuatro años.

—Después de la jubilación cabe esperar un descenso.

—Tampoco está jubilado. —Elena parecía incapaz de parar—. Se mantiene bastante activo.

El residente se encogió de hombros.

A mediodía llegó otro residente para hacer la evaluación psiquiátrica. También llevaba un polo, este de color verde menta, y también evitaba la mirada de Elena. Ella tenía la vista clavada en los carteles que había colgados en la habitación y trató de no escuchar. E/S SOLO RESIDUOS INFECCIOSOS Y OBJETOS AFILADOS.

—Esto es un pequeño juego —dijo el residente de psiquiatría—. ¿Puede decirme cómo se llama el presidente actual de Estados Unidos?

—Vaya juego —dijo Dick McMahon.

—Tómese su tiempo —dijo el residente de psiquiatría—. Sin prisas.

—Cuente con ello.

Hubo un silencio.

—Papá —dijo Elena.

—Ya sé cómo va el juego —dijo Dick McMahon—. Se supone que tengo que decir Herbert Hoover y este me mete en el asilo. —Entrecerró los ojos—. Muy bien, pues. *La rueda de la fortuna*. Herbert Hoover. —Hizo una pausa y miró al residente de psiquiatría—. Franklin Delano Roosevelt. Harry S. Truman. Dwight David Eisenhower. John Fitzgerald Kennedy. Lyndon Baines Johnson. Richard Milhous Nixon. Gerald como se llamara, el que no paraba de tropezarse. Jimmy no sé cuántos. El santurrón. Y el de ahora. El que se supone que el vejestorio no recuerda. El otro vejestorio. Reagan.

—Excelente, de verdad, señor McMahon —dijo el residente de psiquiatría—. Se merece el primer premio.

—El primer premio es que se largue usted. —Dick McMahon se giró con dificultades para darle la espalda al residente y cerró los ojos. Cuando los volvió a abrir, se centró en Elena—. Tiene gracia la coincidencia, que ese gilipollas pregunte por los presidentes, porque eso nos lleva de vuelta a Epperson. —Tenía la voz fatigada y hablaba en tono neutro—. Porque Epperson estuvo involucrado en lo de Dallas, en lo que pasó allí. ¿Te lo había dicho?

Elena lo miró. La mirada de su padre era confiada y sus ojos de color azul claro tenían los bordes enrojecidos. Nunca se le había ocurrido que él pudiera saber quién estuvo involucrado en lo de Dallas. Pero tampoco la sorprendió. Ahora que se lo planteaba, suponía que su padre debía de saber quién estaba involucrado en un montón de cosas, pero ya era demasiado tarde, el procesador no era de fiar. Una exploración de lo que sabía Dick McMahon ya solo podía ofrecer archivos corrompidos, datos cruzados, subgrupos perdidos en los que el espectral Max Epperson se materializaría no solo en el Depósito de Libros Escolares de Texas, sino también en una habitación del hotel Lorraine de Memphis en compañía de Sirhan Sirhan, Santos Trafficante, Fidel y uno de los Murchison.

—¿Qué fue lo que pasó en Dallas, señor McMahon? —dijo el residente de psiquiatría.

—Un negocio ganadero que hizo mi padre en Texas. —Elena condujo al residente hacia la puerta—. Ahora debería dormir. Está demasiado cansado para esto.

—No me digas que sigue ahí —dijo Dick McMahon sin abrir los ojos.

—Acaba de irse. —Elena se sentó en la silla que había junto a la cama y le cogió la mano a su padre—. No pasa nada. Ya no hay nadie.

Su padre se despertó varias veces durante las horas siguientes y le preguntó qué hora era, qué día era, siempre con un deje de pánico en la voz.

Tenía que ir a un sitio.

Tenía cosas que hacer, tenía que ver a gente.

Había gente esperando su llamada.

Y eran cosas pendientes que no podían esperar.

Tenía que ver a aquella gente ya.

A última hora del día el cielo se oscureció y ella abrió la ventana para sentir que corría el aire. Fue solo más tarde, mientras los relámpagos se ramificaban en el horizonte y el ruido de los truenos creaba una pantalla, una zona segura en la que se podían decir cosas sin que hubiera consecuencias, cuando Dick McMahon empezó a contarle a Elena a quién tenía que ver y qué cosas tenía que hacer. «Tormenta tropical viniendo del sudeste y una fuerte lluvia cayendo ya.» Era obvio que él ya no podía hacer aquellas cosas. Lo que no era tan obvio era que ella debía hacerlas en su lugar.

12

Hoy en día cuesta recordar la particular escabrosidad de 1984. He releído una vez más los recortes y únicamente quiero transmitiros lo sucedido en aquella época al pie de la letra, la fiebre de todo aquello, su falsa bravuconería, y en qué medida consistió en hacer y mantener cierto tipo de pose sentimental. Mucha gente pareció pasearse por el centro mismo de aquella época con loros en el hombro, o con monos. Mucha gente pareció decidir identificarse durante esta época como lo que no era, como «especialistas en cargamento» o como «corredores de aeronaves» o como «importadores de rosas» o, con una frecuencia que llegó a resultar desconcertante, como «periodistas daneses». Fue una época durante la cual mucha gente parecía saber que la forma de volar sin ser detectado sobre la línea de costa del Golfo de Estados Unidos era volar bajo y despacio, a entre ciento cincuenta y trescientos metros de altura, mezclándose de forma natural con el tráfico de helicópteros procedentes de las plataformas del Golfo. Fue una época durante la cual mucha gente parecía saber que la forma de volar sin ser detectado sobre las líneas de costa extranjeras era llevar dinero en efectivo para comprar una ventana. Fue una época durante la cual una minoría importante de la población parecía entender que los fondos gubernamentales destinados a la ayuda humanitaria se podían desviar, por mucho que la Oficina de Contabilidad General monitorizara las cuentas, a necesidades más apremiantes.

Es pan comido, le dijo Barry Sedlow a Elena McMahon.

No era su línea de trabajo personal, pero sí conocía a gente que lo hacía.

Eliges a un minorista cualquiera en un territorio amigo, por ejemplo Honduras o Costa Rica. Le pides a ese minorista una factura que muestre una estimación escrita por la compra de, digamos, mil pares de vaqueros Lee verdes, mil camisetas verdes y mil pares de botas de goma verdes. Especificas que la palabra «estimación» no aparezca en la factura. Le presentas esa factura, que lleva una cifra estimada de, digamos, 25.870 dólares, pero ninguna indicación de que se trata de una simple estimación, a la agencia responsable de abonar dicha ayuda humanitaria, y le pides que te transfiera el reembolso de los 25.870 dólares a tu cuenta del Citibank de Panamá. Le das instrucciones al Citibank de Panamá para que transfiera los 25.870 dólares a otra cuenta de «corretaje», por ejemplo la cuenta de una tercera empresa en el Consolidated Bank de Miami, una cuenta cuyo único propósito es recibir los fondos y hacer que estén disponibles para cualquier necesidad que se presente.

Como, por ejemplo, la necesidad de realizar un pago a Dick McMahon.

Hay quien entiende esta clase de transacción y hay quien no. Quienes la entienden son en el fondo narradores, gente que urde conspiraciones solo para animar el día, y las ven en un instante, comprenden todos sus giros, captan sus posibilidades. Para cualquiera capaz de mirar un negocio de venta al público en Honduras o Costa Rica y ver la oportunidad de sacarle 25.870 dólares a la Hacienda de Estados Unidos, aquella fue una época en la que no había información sin interés. Todo momento podía verse en conexión con cualquier otro, todo acto podía verse provisto de consecuencias lógicas aunque poco claras, podía verse como narración ininterrumpida de vívida complejidad. El hecho de que Elena McMahon entrara en aquella vida aumentada y viviera en ella durante un breve periodo es lo que me interesa de ella, porque no era una de esas personas que ven en un instante cómo pueden conectarse todos los momentos entre sí.

Se me ocurrió leer la transcripción de la declaración grabada de Treat Morrison para averiguar su versión de por qué Elena había hecho lo que había hecho. Me imaginé que ella le habría contado a Morrison lo que no les había contado o querido contar a los agentes del FBI o de la DIA que habían hablado con ella. Me imaginé que Treat Morrison habría extraído a su debido tiempo sus conclusiones acerca de lo que fuera que ella le había contado.

No había ni un asomo de todo esto en aquellas cuatrocientas setenta y seis páginas.

En cambio, averigüé que lo que Morrison denominaba «cierto incidente que tuvo lugar en 1984 relacionado con una de nuestras embajadas en el Caribe» no debería, en su opinión, haber tenido lugar.

No debería haber tenido lugar y no se había podido predecir.

Por medio de lo que él denominaba «ninguna medición cuantitativa».

Y sin embargo, añadió. Una advertencia. *In situ* sí que se habría podido predecir aquel incidente.

Lo cual llevaba a la cuestión, decía Morrison, de si las estrategias políticas debían basarse en lo que decía o creía o deseaba una gente sentada en salas con aire acondicionado de Washington o Nueva York, o si las estrategias políticas debían basarse en lo que veía e informaba la gente que estaba trabajando sobre el terreno. El hecho de que su declaración estuviera clasificada le impedía revelar los detalles de aquel incidente, y afirmaba mencionarlo únicamente a modo de ilustración relevante sobre la conveniencia de escuchar a la gente que estaba trabajando sobre el terreno.

«Sin comentarios», tal como se entrenaba para que dijera a la gente que trabajaba sobre el terreno, en caso de que se les preguntara qué estaban haciendo o dónde se alojaban o si querían una copa o hasta qué hora era.

«Sin comentarios.»

«Gracias.»

«Adiós.»

A Elena McMahon no la habían entrenado para que dijera aquello, pero aun así estaba trabajando sobre el terreno. Hace poco estuve sentado en una cena en Washington al lado de un periodista que había estado cubriendo el terreno en cuestión durante la época en cuestión. Después de unas cuantas copas de vino, se giró hacia mí, bajó la voz y me dijo refiriéndose a aquella experiencia que nada de lo que le había pasado desde entonces, incluyendo el nacimiento de sus hijos y su asignación a varias guerras más abiertas en varias partes más abiertas del mundo, le había hecho sentirse tan vivo como despertarse en aquel terreno en cuestión durante un día cualquiera de aquella época en cuestión.

Hasta que no se despertó un día en aquel terreno en cuestión, Elena McMahon consideró su vida como una en la que no había pasado nada.

«Sin comentarios. Gracias. Adiós.»

13

Conoció a Barry Sedlow el mismo día en que su padre salió del hospital. Le alegrará saber que se marcha usted de aquí mañana, le había dicho el residente a su padre, y ella lo había seguido hasta el mostrador de las enfermeras.

—No está listo para irse a casa —le dijo a la espalda del residente.

—No, a casa no. —El residente no levantó la vista de la gráfica que estaba examinando—. Y por eso debería estar haciendo usted los planes que prefiera con la coordinadora de altas.

—Pero acaba de mostrarse de acuerdo conmigo. Mi padre no está listo para recibir el alta. El plan que prefiero es que se quede en el hospital.

—En el hospital no se puede quedar —dijo el residente, implacable—. Así que vamos a darle el alta. Y no va a poder cuidar de sí mismo.

—Exacto. A eso me refiero. —Intentó adoptar un tono razonable—. Como dice usted, no va a poder cuidar de sí mismo. Y por eso mismo creo que debería quedarse en el hospital.

—Tiene usted la opción de establecer un plan aceptable de atención médica domiciliaria con la coordinadora de altas.

—¿Aceptable para quién?

—Para la coordinadora de altas.

—¿O sea que es la coordinadora de altas quien decide si se queda o no?

—No, lo decide el doctor Mertz.

—No conozco al doctor Metz.

—El doctor Mertz es el médico titular a cargo de las admisiones. Y por recomendación mía, el doctor Mertz ha autorizado el alta.

—Entonces ¿debería hablar con el doctor Mertz?

—El doctor Mertz no está de guardia esta semana.

Elena intentó otra táctica.

—Mire. Si esto es por el seguro, ya he firmado los documentos responsabilizándome. Pagaré todo lo que no cubra el seguro de mi padre.

—Sí que lo pagará, sí. Pero aun así su padre no va a quedarse aquí.

—¿Por qué no?

—Porque a menos que establezca usted un plan alternativo aceptable —dijo el residente, quitándole el tapón a su estilográfica y secando la punta con un pañuelo de papel—, por la mañana lo trasladarán a una residencia para convalecientes.

—No puede hacer eso. No pienso llevarlo ahí.

—No tendrá que llevarlo. La residencia envía su furgoneta.

—No me refería a eso. Quiero decir que no pueden mandar a alguien a un geriátrico así como así.

—Sí que podemos. Lo hacemos todo el tiempo. A menos, claro, que la familia haya acordado un plan alternativo aceptable con la coordinadora de altas.

Hubo un silencio.

—¿Cómo puedo contactar con la coordinadora de altas? —preguntó Elena.

—La puedo avisar para que pase por la habitación del paciente. —El residente volvió a ponerle el tapón a la pluma y se la guardó en el bolsillo de la pechera del polo. Parecía no saber qué hacer con el pañuelo de papel—. Cuando tenga un momento.

—Alguien se me ha llevado los putos zapatos —dijo su padre cuando ella entró en la habitación. Estaba sentado en el borde de la cama, abrochándose el cinturón y tratando de sacar el brazo de la bata de hospital–. No puedo salir de aquí sin los zapatos, joder.

Elena no tenía forma de saber si su padre pretendía marcharse por su propio pie o si simplemente no había entendido bien al residente, pero le encontró los zapatos y la camisa y le echó la chaqueta por encima de los hombros flacos, y luego lo llevó hasta el ascensor pasando por delante del mostrador de las enfermeras.

–Vas a necesitar una enfermera –le dijo en tono cauteloso cuando se cerraron las puertas del ascensor.

Su padre asintió con la cabeza, aparentemente resignado a aquel compromiso estratégico.

–Le diré a la agencia que necesitamos a alguien ya –dijo ella, intentando consolidar el terreno ganado–. Hoy mismo.

Su padre volvió a asentir con la cabeza.

Sosegada por la facilidad de su último recorrido por la burocracia hospitalaria, Elena todavía estaba disfrutando de la nueva docilidad de su padre cuando, unas horas más tarde, ya de vuelta en la seguridad de la casa de Sweetwater, con la enfermera instalada delante del televisor y la cama recién hecha y un vaso de Ensure con un chorro de bourbon a su disposición (otro compromiso estratégico, este con la enfermera), Dick McMahon anunció que necesitaba las llaves del coche y que las necesitaba ya.

–Ya te lo dije –respondió cuando ella le preguntó por qué–. Tengo que ver a alguien. Hay alguien esperándome.

–Ya te lo dije –respondió cuando ella le preguntó quién–. Te lo conté todo.

–Tienes que escucharme –dijo Elena por fin–. No estás en condiciones de hacer nada. Estás débil. Todavía no piensas con claridad. Cometerás algún error. Y alguien te hará daño.

Al principio su padre no dijo nada, se limitó a mirarla a la cara con sus ojos pálidos y húmedos.

–Tú no sabes lo que va a pasar –dijo por fin. Tenía una voz impotente, perpleja–. Joder, lo que va a pasar ahora.

–Simplemente no quiero que te hagan daño.

–Dios bendito –dijo él entonces, con aire derrotado, la cabeza caída a un lado–. Necesito cerrar este trato.

Ella le cogió la mano.

–Lo que va a pasar ahora –repitió él.

–Yo me encargaré –dijo ella.

Y así fue como Elena McMahon terminó, una hora más tarde, plantada en el muelle donde estaba amarrado el *Kitty Rex*. «Parece que estás esperando a alguien», dijo Barry Sedlow. «Creo que a usted», dijo Elena McMahon.

La segunda vez que fue a encontrarse con Barry Sedlow, este la citó en el vestíbulo del hotel Omni de Biscayne Boulevard, según sus palabras, a las trece en punto. Elena tenía que sentarse cerca de la entrada del restaurante, como si estuviera esperando a alguien para comer.

Habría tráfico de comensales entrando y saliendo del restaurante y ella no debía llamar la atención.

Si se daba el caso de que él no había aparecido para cuando el tráfico de comensales se redujera, Elena debía marcharse, porque para entonces ya estaría llamando la atención.

–¿Por qué podría darse el caso de que no apareciera? –le preguntó ella.

Barry Sedlow le escribió un número de teléfono gratuito al dorso de una tarjeta en la que ponía CLUB DE TIRO KROME, y se la dio antes de contestar:

–Es posible que no me guste cómo pinta la cosa.

Elena llegó a la una. Llevaba toda la mañana lloviendo mucho y había agua por todas partes, agua cayendo a chorros por la pared de azulejos negros de detrás del estanque del vestíbulo, agua revuelta y borboteando sobre las manchas del fondo del estanque, agua acumulándose sobre los tejados planos, haciendo charcos en torno a los conductos de ventilación y aporreando la ventana inclinada de la sexta planta. En el frío del aire acondicionado, Elena sintió la ropa húmeda y pegada a la piel, y al cabo de un rato se levantó y caminó por el vestíbulo para intentar entrar en calor. Hasta la música del tiovivo del centro comercial de abajo le llegaba amortiguada, distorsionada, como si la estuviera oyendo bajo el agua. Estaba plantada frente a la barandilla, contemplando el tiovivo desde arriba, cuando la mujer se dirigió a ella.

La mujer tenía un mapa desplegado en las manos.

La mujer no quería molestar a Elena, pero se preguntaba si sabría cuál era la mejor ruta para coger la I-95.

Elena le dijo cuál era la mejor ruta para coger la I-95.

A las tres el restaurante se había vaciado y Barry Sedlow no había aparecido. Desde una cabina del vestíbulo, Elena marcó el número gratuito que le había dado Barry Sedlow y descubrió que era un busca. Introdujo el número de la cabina del vestíbulo del Omni, pero a las cuatro, como el teléfono no había sonado, se marchó.

A medianoche sonó el teléfono de la casa de Sweetwater.

Elena vaciló, luego descolgó.

—Has llamado la atención —le dijo Barry Sedlow—. Has dejado que se fijaran en ti.

—Que se fijara ¿quién?

Él no contestó directamente.

—Esto es lo que vas a tener que hacer.

Lo que iba a tener que hacer, dijo Sedlow, era entrar al día siguiente en el Clipper Club de la Pan Am del aeropuerto de Miami a las doce del mediodía en punto. Lo que iba a tener que hacer era ir al mostrador y preguntar por Michelle. Y le iba a decir a Michelle que había quedado con Gary Barnett.

—¿Quién es exactamente Gary Barnett? —preguntó ella.

—Michelle es la rubia, no la hispana. Asegúrate de que hablas con Michelle. La hispana es Adele, y Adele no me conoce.

—¿Gary Barnett es usted?

—Haz las cosas a mi manera, para variar.

Así que las hizo a su manera.

Gary ha dicho que se ponga usted cómoda, le dijo Michelle.

¿Puede mostrarme su carnet del Clipper Club?, dijo Adele. Michelle puso los ojos en blanco. Ya me lo ha enseñado a mí, dijo.

Elena se sentó. En un sofá de la esquina había un hombre fondón con traje de seda hablando por teléfono, subiendo y bajando la voz, con un flujo ininterrumpido de inglés y español, a ratos implorando, a ratos amenazando, sin hacer caso de los anuncios de vuelos rumbo a Guayaquil, Panamá y Guatemala, sin prestar atención a Elena, sin prestar atención ni siquiera a la mujer que tenía al lado, que era flaca y tenía el pelo canoso y llevaba una chaquetilla de cachemir y unas zapatillas de vestir caras.

Señor Lee, decía todo el tiempo el hombre.

Finalmente dijo: Déjeme que le haga una pregunta, señor Lee. ¿Tenemos el azúcar o no lo tenemos? Muy bien, pues. Me dice usted que lo tenemos. Entonces explíqueme una cosa. ¿Cómo demostramos que lo tenemos? Porque, créame, señor Lee, estamos perdiendo credibilidad ante el comprador. Muy bien. Escuche. Esta es la situación. Tenemos noventa y dos millones de dólares que no se pueden mover desde el jueves. Hoy es martes. Créame, noventa y dos millones de dólares no son calderilla. No son cuatro chavos, señor Lee. El télex tenía que haberse mandado el viernes. Llego esta mañana de San Salvador para cerrar el trato, se supone que el Sun Bank de Miami tiene el télex, pero el Sun Bank de Miami no tiene el télex. Y ahora le pregunto, señor Lee. Por favor. ¿Qué se supone que tengo que hacer?

El hombre colgó el teléfono de un golpe.

La mujer canosa sacó de la bolsa Vuitton un periódico de San Salvador y se puso a leerlo.

El hombre miró a Elena con expresión amenazadora.

Elena apartó la vista a modo de prevención frente a la posibilidad de que aquel contacto visual pudiera interpretarse como llamar la atención. Al otro lado de la sala había un sobrecargo viendo *Hospital general* en el televisor de encima de la barra.

Oyó que el hombre volvía a marcar enérgicamente un número de teléfono, pero no lo miró.

Señor Lee, dijo el hombre.

Silencio.

Elena dejó deambular la mirada. El titular del periódico que estaba leyendo la mujer decía GOBIERNO VENDE 85% LECHE DONADA.

Muy bien, dijo el hombre. Usted no es el señor Lee. La equivocación es mía. Pero si de verdad es usted el hijo, también es el señor Lee. Pues déjeme hablar con su padre, señor Lee. ¿Qué es eso de que no se puede poner al teléfono? Hablo con él, me dice que lo vuelva a llamar dentro de diez minutos. Lo estoy llamando desde una cabina del aeropuerto de Miami, ¿y él no se puede poner? ¿Esto qué es? Señor Lee. Por favor. Los dos me están soltando un montón de embustes. Un montón de información engañosa. Desinformación. Patrañas. Señor Lee. Escúcheme. Me costaría quizá un millón de dólares llevarlos a usted y a su padre a la ruina, y créame, estoy dispuesto a gastar ese dinero.

Y volvió a colgar de un golpe.

GOBIERNO VENDE 85% LECHE DONADA. A Elena se le ocurrió que le estaba fallando su comprensión del español; era una afirmación demasiado fuerte para haberla entendido bien.

Elena todavía no sabía cómo de fuerte podía ser una historia.

El hombre volvió a pulsar enérgicamente un número. Señor Elman. Déjeme que le cuente cómo está la situación por aquí. Lo llamo desde una cabina del aeropuerto de Miami. Acabo de llegar hoy de San Salvador. Porque hoy había que cerrar el acuerdo. Hoy el Sun Bank de Miami debía tener el télex para aprobar la línea de crédito. Pero hoy el Sun Bank de Miami no tiene el télex. Ahora estoy sentado en el aeropuerto de Miami y no sé qué hacer. Esa es la situación por aquí. Muy bien, señor Elman. Tenemos un problemilla aquí, que espero que podamos resolver.

Las llamadas continuaron. Señor Lee. Señor Elman. Señor Gordon. Había alguien en Toronto, y había alguien en Los Ángeles, y mucha gente estaba en Miami. A las cuatro Elena oyó el zumbido de la puerta. En el momento en que se permitió levantar la vista, vio a Barry Sedlow caminar hacia ella sin romper el paso y dejar un sobre en la mesa de al lado del teléfono que estaba usando el salvadoreño.

—Eso es lo que me preocupa —estaba diciendo el salvadoreño por teléfono mientras toqueteaba el sobre—. Señor Elman. Usted y yo tenemos confianza. —El salvadoreño se guardó el sobre en un bolsillo interior de la chaqueta de seda—. Pero lo que me está vendiendo el señor Lee es un montón de información engañosa.

Más tarde, en el coche de Barry Sedlow de camino a Hialeah, Elena le preguntó quién era el salvadoreño.

—¿Qué te ha hecho pensar que era salvadoreño?

Ella se lo dijo.

—Mucha gente dice que acaba de llegar de San Salvador esta mañana y mucha gente lee periódicos de allí, pero eso no quiere decir que sean salvadoreños.

Ella le preguntó de dónde era el hombre, si no era salvadoreño.

—Yo no he dicho que no sea salvadoreño —dijo Barry Sedlow—. ¿Verdad que no? Tienes la mala costumbre de sacar conclusiones precipitadas.

En el silencio que siguió, Sedlow aminoró la marcha hasta detenerse en un cruce, se metió la mano dentro de la chaqueta de chándal de los Dolphins que llevaba puesta y luego apuntó a la farola.

Una cosa que Elena había aprendido por haberse criado con su padre: a identificar las armas de fuego.

El arma que Barry Sedlow se acababa de sacar de la chaqueta de chándal era una Browning de 9 milímetros con silenciador.

El motor estaba encendido y el ruido del disparo silenciado fue inaudible.

La luz estalló y el cruce quedó a oscuras.

—Un pasajero en tránsito —dijo Barry Sedlow mientras cambiaba el pie del freno al acelerador—. Ya estará en el vuelo de las seis y media de vuelta a San Sal. No es asunto nuestro.

Cuando digo que Elena no era una de esas personas capaces de ver cómo todos los momentos podían conectarse entre sí, quiero decir que no se le ocurrió pensar que un pasajero en tránsito no tenía que presentar visado.

Vuelvan atrás con la mente.

Refrésquense la memoria si hace falta: acudan al Nexis, acudan a los microfilmes.

Intenten localizar las noticias más interesantes de la época en cuestión.

Pasen de largo de cualquier noticia que encabezara o incluso saliera en los informativos de la noche.

Sigan bajando hasta encontrar el típico artículo de agencias breve que solía aparecer justo debajo de la continuación en la página catorce del artículo de portada sobre la respuesta del Congreso al informe de la Comisión Kissinger, por ejemplo, o enfrente de la continuación en la página diecinueve del artículo de portada sobre el dictamen del tribunal federal a favor de mantener la investigación de las posibles violaciones del Acta de Neutralidad.

El típico artículo de agencias breve relacionado con vuelos chárter de propiedad incierta que despegaban de tal o cual aeropuerto sureño llevando alguna clase de cargamento.

La gente que seguía aquellos artículos terminó analizando muchas listas de embarque.

Terminó consultando muchos expedientes de personal.

Terminó trazando muchos diagramas para detallar cómo aquellas compañías espectrales con nombres pretenciosos (Amalgamated Commercial Enterprises Inc., Defex S. A., Energy Resources International) tendían a interconectarse.

Aquellos artículos breves sobre aviones no siempre eran

idénticos. En algunos se informaba de que el avión en cuestión no había despegado de tal o cual aeropuerto sureño sino que se había estrellado en Georgia, o había sufrido problemas técnicos en Texas, o había sido incautado en las Bahamas en relación con tal o cual investigación de narcóticos. Y tampoco el cargamento de aquellos aviones era siempre idéntico: en algunos casos la inspección del cargamento revelaba un número sin especificar de fusiles AK-47 soviéticos reacondicionados, en otros casos un número sin especificar de granadas de fragmentación M67, de fusiles AR-15, de M-60, de lanzacohetes RPG-7, cajas de munición, palés de minas de fragmentación POMZ-2, de minas antitanque British Aerospace L-9, de minas antipersona chinas 72A e italianas Valmara 69.

Las 69.

Epperson había planteado una cifra de tres dólares por unidad de 69 y ahora afirmaba que el mercado había caído a dos por unidad.

«No estoy segura de saber en qué negocio anda metido Epperson.»

«Joder, ¿en qué negocio andan metidos todos ellos?»

Había gente en Washington que decía que los vuelos descritos en aquellos artículos no tenían lugar, mientras que otra gente de Washington (gente de Washington más cuidadosa, gente de Washington que especificaba más las cosas, gente de Washington que no tenía intención de cometer perjurio cuando llegaran las vistas judiciales) decía que los vuelos *no podían* estar teniendo lugar, o *solo podrían* estar teniendo lugar, *si es que realmente* estaban teniendo lugar, fuera del alcance del conocimiento posible.

Yo también aprendí a especificar las cosas durante aquella época.

Yo también aprendí a tener cuidado.

Yo también aprendí el arte del condicional.

Recuerdo haberle preguntado a Treat Morrison, durante las entrevistas preliminares que le hice en su despacho de Washington, *si* de hecho, *que él supiera*, alguien del gobierno de Estados Unidos *podría haber tenido* conocimiento del hecho de que *uno o más* de aquellos vuelos *podrían haber estado* suministrando armas a las llamadas fuerzas de la Contra con el propósito de derrocar al gobierno sandinista de Nicaragua.

Hubo un silencio.

Treat Morrison cogió un bolígrafo y lo dejó.

Me enorgulleció el hecho de estar al borde de alguna clase de revelación.

–En la medida en que la zona en cuestión linda con el lago –dijo Treat Morrison–, y en la medida en que ese lago se ha interpretado históricamente como nuestro lago, no hace falta decir que podríamos tener cierto interés. Sin embargo...

Volvió a guardar silencio.

Esperé.

Habíamos llegado al extremo de afirmar que el Caribe era nuestro lago, nuestro mar, *mare nostrum*.

–Sin embargo... –repitió Treat Morrison.

Debatí conmigo mismo si estaría dispuesto a aceptar una estipulación extraoficial o sin atribuir.

–No hacemos seguimiento de esa clase de actividad –concluyó Treat Morrison.

Uno de aquellos vuelos de los que nadie hacía seguimiento despegó del Aeropuerto Internacional de Fort Lauderdale-Hollywood a la una y media de la madrugada del 26 de junio de 1984. El avión en cuestión era un Lockheed L-100. Los documentos oficiales presentados por el piloto detallaban una tripulación de cinco personas, dos pasajeros y un cargamento de piezas de automóviles diversas, y su destino era San José, Costa Rica.

El agente de aduanas de Estados Unidos que certificó la lista de embarque decidió no inspeccionar físicamente el cargamento.

El avión no aterrizó en San José, Costa Rica.

El avión no tenía razón alguna para aterrizar en San José, Costa Rica, porque ya había preparada una infraestructura alternativa: los dos kilómetros y medio de pistas de aterrizaje que el Batallón 46 de Ingenieros de Combate había desplegado inmediatamente después de las maniobras Big Pine II. Ya estaban instalados los radares. Ya estaban instalados los sistemas de depuración y transporte de agua.

—Lo que tiene usted aquí es un pedacito de Estados Unidos —le dijo el piloto del Lockheed L-100 a Elena McMahon mientras esperaban sobre la hierba seca de la pista de aterrizaje a que desembarcaran el cargamento.

—Yo en realidad me vuelvo ya. —Elena sintió una necesidad urgente de alejarse de lo que fuera que estaba pasando allí—. O sea, he dejado el coche en el aeropuerto.

—En aparcamiento de larga duración, espero —dijo el piloto.

Lo que también estaba cerrado ya era el trato.

«No hacemos seguimiento de esa clase de actividad.»

«Sin comentarios. Gracias. Adiós.»

DOS

1

No me atrae el personaje de «la escritora». Como forma de existencia, tiene aspectos sosos. Tampoco me siento cómoda con la vida literaria: su eje dramático tradicional (el romanticismo de la soledad, de la lucha interior, del buscador solitario de la verdad) me pareció ya desde el principio un artificio cansino. En algún momento posterior perdí la paciencia con las convenciones del oficio, con la exposición, con las transiciones, con el desarrollo y la revelación del «carácter». En este sentido me acuerdo de la resistencia que opuso mi hija cuando en octavo curso en la Westlake School for Girls de Los Ángeles le pidieron que escribiera un texto «autobiográfico» («tu vida, trece años, tesis, ilustración, sumario, tú inténtalo, no más de dos páginas a doble espacio bien mecanografiadas, por favor») sobre el acontecimiento, individuo o experiencia que «más le había cambiado» la vida. Le mencioné algunos de los temas perennes que podía emplear (viaje a Europa, trabajo de voluntaria en el hospital, profesor que de entrada no le había caído bien porque le había hecho trabajar muy duro pero después se dio cuenta de que había valido la pena), pero ella, menos simplista, menos cautelosa, más sensible, mencionó la muerte de su mejor amiga en cuarto curso.

Sí, le dije yo, avergonzada, mejor. Ya lo tienes.

–En realidad no –dijo ella.

¿Por qué no?, le dije yo.

–Porque en realidad no me cambió la vida. O sea, lloré, estuve triste, escribí mucho sobre ello en mi diario, sí, pero ¿qué cambió?

Recuerdo que le expliqué que lo del «cambio» no era más que la convención de rigor: le dije que aunque era cierto que contar una vida solía falsificarla, darle una forma que no poseía intrínsecamente, no era más que el resultado de escribir las cosas, algo aceptado por todos.

Y mientras decía esto, me di cuenta de que yo ya no lo aceptaba.

Me di cuenta de que cada vez me interesaba más solo la parte técnica de las cosas: cómo extender la capa de aluminio AM-2 para la pista de aterrizaje, si había que disponer carriles de rodaje o carriles de salida rápida, si para una pista de aterrizaje de dos kilómetros y medio hacían falta sesenta mil metros cuadrados de área funcional de estacionamiento o solo cuarenta mil. Si el AM-2 se coloca directamente encima de laterita y no sobre revestimiento de membrana plástica, ¿cuánto tiempo tenemos antes de que se produzcan corrimientos profundos? (Cuánto tiempo *necesitábamos* antes de que se produjeran corrimientos profundos era una cuestión totalmente distinta, que yo les dejaba a los Treat Morrison del mundo.) ¿Qué tamaño de campamento base puede abastecer un generador de mil quinientos kilovatios? En ausencia de pozos profundos de alta capacidad, ¿se puede tratar de forma eficaz el agua con procesadores tácticos ERDLator? Cito a Friedrich Wilhelm Nietzsche, 1844-1900: «Cuando el hombre carece de contornos firmes y serenos en el horizonte de su vida —contornos de montañas y bosques, por ejemplo—, la voluntad interior de ese hombre se vuelve agitada, preocupada y melancólica».

Los procesadores tácticos ERDLator han sido mis contornos de montañas y bosques.

Todo este asunto de Elena McMahon, por consiguiente, me está costando.

Todo este asunto de qué la «cambió», qué la «motivó», qué la llevó a hacer lo que hizo.

La veo plantada sobre la hierba seca de la pista de aterrizaje, con los brazos desnudos, con las gafas de sol echadas hacia arriba y apoyadas sobre el pelo suelto, con el vestido de seda negro arrugado por culpa del vuelo, y me pregunto cómo se le debió de ocurrir que un vestido de seda negro comprado en los saldos de Bergdorf Goodman durante las primarias de Nueva York era la indumentaria más apropiada para volar en un avión de carga sin programar que despegaba a la una y media de la madrugada del Aeropuerto Internacional de Fort Lauderdale-Hollywood con destino a San José de Costa Rica, aunque no exactamente.

Tiene las gafas de sol echadas hacia arriba pero los ojos fuertemente cerrados.

Un perro (malnutrido, sarnoso, de tamaño ordinario) sale de golpe por la puerta abierta de una estructura de cemento contigua al área de estacionamiento, y echa a correr hacia ella.

El hombre que está al lado de Elena, un tipo de cabeza afeitada y vaqueros cortados y caídos por debajo del ombligo, canta el tema de *Bonanza* mientras se pone en cuclillas y hace señas al perro para que se acerque.

> *We got a right to pick a little fight –*
> *Bo-nan-za –*
> *If anyone fights with any one of us –*
> *He's got a fight with me –*

Ella sigue sin abrir los ojos.

Ahora que lo pienso, no estoy segura de qué sería lo «apropiado» en este contexto.

Quizá la gorra de béisbol que le prestó uno de los encargados del reabastecimiento de combustible. La gorra llevaba la inscripción NBC SPORTS y el conocido logotipo del pavo real manchado de diésel.

—De hecho creo que tiene que venir a buscarme alguien —le dijo ella al piloto después de que desapareciera el hombre de la cabeza afeitada y de que se descargara el último palé y de que el avión terminara de repostar.

En las últimas doce horas Elena había llegado a ver al piloto como su compañero, su apoyo, su protección, su único vínculo con el día anterior.

—Parece que no te han contado todos los pormenores —dijo el piloto.

Olor a jazmín, alfombra de pétalos azules de jacaranda.

La coincidencia —que en realidad no lo era, porque yo había conocido a Elena en el papel de madre— era que Catherine Janklow iba a la misma clase de octavo de la Westlake School for Girls de Los Ángeles. La interpretación que hacía Elena de una Mamá de Westlake (que era como nos llamaban en los boletines escolares) mostraba tanta atención a los detalles que resultaba impenetrable. Organizaba eventos benéficos para el fondo de becas, ofrecía su casa para picnics, días libres y fiestas de pijamas, se levantaba todos los viernes a las cuatro, antes de que amaneciera, para llevar a las alumnas al Club de Astronomía a observar las estrellas en ubicaciones remotas de Lancaster, del Latigo Canyon o de las montañas de Santa Susana, y fue debidamente recompensada con la asistencia de tres alumnas de octavo a su taller del Día de Elegir Carrera, titulado «Cómo empezar a ser reportera».

—Ahora mismo estáis en una edad en que es imposible imaginar siquiera cuánto os va a cambiar la vida —les dijo Elena a las tres chicas de octavo que se presentaron a su taller del Día de Elegir Carrera.

Dos de las alumnas de octavo mantuvieron expresiones de incredulidad educada.

La tercera levantó un dedo y luego se cruzó hoscamente de brazos.

Elena miró a la niña. Se llamaba Melissa Simon. Era la hija de Mort Simon. Mort Simon era un conocido de Wynn que había mejorado las finanzas del año comprando todas las acciones de un estudio cinematográfico y repartiendo todos sus bienes raíces entre sus diversos negocios personales.

—Melissa.

–Disculpe –dijo Melissa Simon–. Pero no termino de ver por qué tiene que cambiar mi vida.

Hubo un silencio.

–Es una idea interesante –dijo Elena al fin.

Catherine no asistió al taller de su madre sobre «Cómo empezar a ser reportera». Catherine se había apuntado a un taller dirigido por una Mamá de Westlake que trabajaba de abogada de empresa en la Paramount («Desarrollo cinematográfico: ¿dónde encajas tú?»), pero luego se lo había saltado para terminar su redacción autobiográfica de octavo curso sobre el acontecimiento, individuo o experiencia que «más le había cambiado» la vida. «Lo que sin duda más me ha cambiado la vida este semestre es que mi madre ha contraído cáncer», empezaba la redacción autobiográfica de Catherine, y se desarrollaba a lo largo de dos páginas pulcramente mecanografiadas a doble espacio. Ese semestre la madre de Catherine, según Catherine, estaba «demasiado cansada para hacer cosas normales», porque todas las mañanas, después de dejar en la escuela al grupo de chicas que compartían coche, se iba a la UCLA para someterse a lo que Catherine describía con conocimiento como «sesiones de radiación posteriores a la exsición [sic] de un tumor de pecho de dianóstico [sic] benigno en fase 1». Que este fuera un hecho que no se supiera no me sugirió, personalmente, «motivación».

Treat Morrison lo sabía, porque reconoció la cicatriz.

Diane tenía la misma cicatriz.

Mira, dijo cuando Elena guardó silencio. ¿Qué más da? Te llega de una forma o te llega de otra, nadie se va de rositas.

Se sentó sobre la hierba seca con el vestido de seda negro y la gorra con el logo de NBC SPORTS, contempló cómo el L-100 se alejaba rodando hacia la pista de despegue y trató de decidir qué hacer a continuación. El cargamento había sido apilado en camiones de plataforma. El responsable de hacer el pago no había aparecido. Al principio ella había creído que su contacto era el hombre de la cabeza afeitada y los vaqueros cortados, pero no. El hombre le contó que estaba de regreso de Angola camino a Tulsa. Le contó que estaba aprovechando que se encontraba en la zona para prestar un poco de asesoramiento.

Ella no le preguntó cómo se podía considerar razonablemente que aquella zona quedara de camino entre Angola y Tulsa.

Tampoco le preguntó qué clase de asesoramiento estaba prestando.

Durante los diez minutos que se pasó intentando convencer al piloto para que esperara a su contacto, los camiones de plataforma se marcharon.

Iba a tener que replantearse aquello paso a paso.

Iba a tener que hacer tareas de reconocimiento y reevaluación.

El L-100 y la zona de seguridad que representaba estaban a punto de esfumarse en la capa de nubes.

Aterrizarlo aquí y llevármelo de vuelta, le había dicho el piloto. Es lo que pone en mi contrato. Me pagan para conducir el autobús. Me pagan para conducir el autobús cuando se recalientan los motores. Me pagan para conducir el autobús cuando se estropea el sistema de navegación por radio. No me pagan para que me haga cargo de los pasajeros.

Su compañero, su apoyo, su protección.

Su único vínculo con el día anterior.

Lo había aterrizado allí y ahora se lo llevaba de vuelta.

Lo que ponía en su contrato.

A Elena le parecía imposible que su padre pudiera haberse encontrado en aquella misma situación, y sin embargo había hecho exactamente lo que su padre le había dicho que hiciera. Había hecho exactamente lo que su padre le había dicho que hiciera y había hecho exactamente lo que Barry Sedlow le había dicho que hiciera.

«Haz las cosas a mi manera, para variar.»

Aquello se iba a arreglar muy pronto.

Averiguaría muy pronto qué hacer.

Se sentía alerta y un poco mareada. Todavía no sabía dónde estaba, y el claro donde se extendía la pista de aterrizaje se había vaciado repentinamente de gente, pero ella estaba lista, abierta a la información.

Aquello debía de ser Costa Rica.

Y si era Costa Rica, lo primero que tenía que hacer era llegar a San José.

Tampoco sabía qué iba a hacer si conseguía llegar a San José, pero seguro que allí habría un hotel, sucursales de bancos estadounidenses, un aeropuerto con vuelos de pasajeros programados.

A través de la puerta abierta de la estructura de cemento contigua al área de estacionamiento, pudo ver de forma intermitente a alguien moviéndose, caminando de un lado para otro, un hombre, un hombre con coleta, un hombre con coleta y vestido con mono de trabajo. Sin apartar la vista de aquella puerta, intentó recordar lecciones aprendidas en otros lugares, en otras vocaciones. Una cosa que había aprendido durante los cuatro años de su paso por el *Herald Examiner* era lo fácil que resultaba entrar en sitios donde se suponía que no se podía entrar. El truco era pegarse a algún empleado de servicios, a alguien a quien no le interesara particularmente quién entraba ni quién salía. En una ocasión había seguido a una cuadrilla de operarios telefónicos al interior de un hangar cerrado a cal y canto en el que se estaba poniendo a punto un bombardero invisible en fase de pruebas para su primera salida. Más de una vez se había colado en casa de alguien que no quería hablar con ella entablando conversación con el limpiador de la piscina, el jardinero o el peluquero del perro, que había metido un cable por la puerta de la cocina para enchufar el secador.

De hecho, esto lo había mencionado durante su taller del «Día de elegir carrera» en la Westlake.

Melissa Simon había vuelto a levantar la mano. Quería hacer una observación. La observación que quería hacer era que «nadie de la prensa podría haber entrado en esas casas si las familias tuvieran medidas normales de seguridad y su personal de relaciones públicas estuviera haciendo su trabajo».

Eso había llevado a Elena a subir exponencialmente las apuestas del «Día de elegir carrera» de la Westlake sugiriendo, en unos términos que quizá o quizá no incluyeran la expresión «intentar vivir en el mundo real para variar», que muy pocas familias en el mundo, aparte de tres o cuatro vecindarios muy concretos del West Side de Los Ángeles, tenían personal de relaciones públicas o algo que una alumna muy afortunada de octavo pudiera denominar «medidas normales de seguridad».

Y eso había causado que Wynn Janklow, después de que al día siguiente le informaran de lo sucedido tres personas distintas (el socio de Mort Simon, el abogado de Mort Simon y la joven descrita como la «encargada de los problemas» de Mort Simon), dejara a medio comer su almuerzo en el Hillcrest para llamar a Elena.

—Me he enterado de que has estado diciéndoles a las hijas de nuestras amistades que sus padres viven en un mundo de fantasía.

En primer lugar, repuso ella, aquellas no habían sido sus palabras textuales.

Wynn dijo algo más, pero la conexión era mala.

En segundo lugar, prosiguió Elena, Mort Simon no era amigo de ella. De hecho, ni siquiera le conocía.

Wynn la estaba llamando desde su Mercedes, conduciendo por Pico en dirección este, y cuando giró por Robertson su voz se volvió a oír con claridad.

—Si lo que quieres es que la ciudad entera comente que hablas como una shiksá —le dijo—, lo estás haciendo muy bien.

—Soy una shiksá —dijo ella.

—Eso es problema tuyo, no mío.

En realidad, Elena sí que conocía a Mort Simon.

Claro que conocía a Mort Simon.

La casa de Beverly Hills en la que había estado esperando el comunicado de prensa sobre la gala benéfica de los famosos resultó ser la casa de Mort Simon. Incluso lo había visto un momento, levantando la cortina de plástico transparente de la carpa de Regal Rents para echar un vistazo a la barricada tras la cual esperaba la prensa. Simon la había mirado directamente a ella, pero tal era la visión generalizada que tenía del mundo al otro lado de su carpa que no la había reconocido, y ella tampoco había dicho nada.

—Trae unos refrescos —le había oído decirle a un camarero antes de dejar caer la cortina, aunque luego no les llegó ningún refresco—. Ya sabes, Pepsi Light o agua, no pienso pagar para que se pongan como una cuba.

La mujer y la hija ya no vivían en la casa. La mujer y la hija se habían mudado a un adosado de Beverly Hills justo en el límite con Century City, y la hija había dejado la Westlake para ingresar en el Beverly Hills High School. Catherine se lo había contado.

Vivir en el mundo real.

«Teníamos una vida de verdad y ahora no la tenemos.»

Se quitó aquello de la cabeza.

Otras lecciones.

Lugares más recientes.

Poco después de mudarse a Washington, Elena había entrevistado a un experto en seguridad nuclear que le había contado lo fácil que sería conseguir plutonio. La seguridad de las instalaciones nucleares, le explicó, siempre estaba externalizada. A su vez, los contratistas contrataban en el mercado local y suministraban a sus empleados cantidades mínimas de munición. En otras palabras, le dijo, «tienes los más sofisticados y multimillonarios sistemas de seguridad operados por ayudantes de sheriff despedidos con la munición justa para abatir a un coyote».

Elena se acordaba exactamente de aquellas palabras porque la entrevista había terminado publicándose en la revista dominical y aquella había sido la cita destacada.

Si conseguía pensar en el hombre de la coleta como un ayudante de sheriff despedido, un ayudante de sheriff despedido que ni siquiera tenía un sofisticado y multimillonario sistema de seguridad, la cosa iría bien.

Lo único que necesitaba era echarle morro.

Lo único que necesitaba era fingir que tenía derecho a estar donde quería estar.

Se levantó, se sacudió la hierba de las piernas y caminó hasta la puerta abierta de la estructura de cemento contigua al área de estacionamiento. El hombre de la coleta estaba sentado frente a una caja de madera sobre la que había un ventilador eléctrico, una botella de cerveza y una baraja gastada de naipes Bicycle. Se terminó la cerveza de un trago, tiró la botella a un bidón metálico y, con dos dedos rígidos, le dio la vuelta a una carta.

—Mierda —dijo el hombre, y levantó la vista.

—Se supone que me tiene que llevar usted a San José —dijo ella—. Se supone que se lo. han dicho.

El hombre dio la vuelta a otra carta.

—¿Quién se supone que me lo ha dicho?

Aquello iba a requerir más trabajo que el típico equipo de operarios telefónicos, limpiador de piscinas o peluquero de perros.

—Si no llego a San José, van a empezar a preguntarse por qué.

—¿Quién?

Se arriesgó.

—Creo que ya sabe usted quién.

—Dame un nombre.

Nadie le había dado nombres. Le había pedido nombres a Barry Sedlow y él le había hablado de compartimentación, de intermediarios, de dar solo la información necesaria.

A fin de cuentas tampoco me estaría dando sus nombres de verdad, le había dicho ella. Deme simplemente los nombres que usan.

Qué se supone que significa eso, había dicho él.

Los nombres que usan igual que usted usa el de Gary Barnett, le había dicho ella.

No estoy autorizado a darte esa información, había dicho él. Alguien te va a estar esperando allí. No necesitas saber más. Se suponía que iba a haber alguien esperándola, pero no había nadie.

Se suponía que alguien iba a hacer el pago y nadie había hecho el pago.

Fue consciente, mientras veía al hombre dar la vuelta a los naipes, de un oscurecimiento repentino afuera, seguido de relámpagos. En la pared de la estructura de cemento había un mapa de Costa Rica que reforzaba la impresión de que aquello era Costa Rica, aunque no daba ninguna pista de en qué parte del país estaban. La luz del techo parpadeó y se apagó. El ventilador eléctrico giró lentamente hasta pararse. En ausencia de ruido de fondo, se dio cuenta de que había estado oyendo el ruido de una nevera sobrecargada, ahora silenciado.

El hombre de la coleta se levantó, abrió la nevera y sacó otra cerveza de su interior a oscuras. No le ofreció ninguna a Elena. Lo que hizo fue sentarse y dar la vuelta a otra carta, silbando suavemente entre dientes, como si Elena fuera invisible.

¿Quién?

Creo que ya sabe usted quién.

Dame un nombre.

—Epperson —dijo ella. Extrajo el nombre del éter de los últimos diez días—. Max Epperson.

El hombre de la coleta la miró, barajó los naipes y se levantó.

—Podría retrasarme una noche o dos en Josie —dijo.

2

Ahora que estoy lejos de todo aquello tengo tendencia a alargar la secuencia temporal, que de hecho fue bastante corta. Era la madrugada del 26 de junio de 1984 cuando Elena McMahon salió del Aeropuerto Internacional de Fort Lauderdale-Hollywood a bordo del L-100, y bien entrada esa misma mañana cuando el L-100 aterrizó en alguna parte de Costa Rica. Ya era casi medianoche del mismo día (primero se habían encontrado con un puente arrastrado por una inundación, luego se habían pasado dos horas aparcados frente a lo que parecía ser una instalación militar) cuando Elena McMahon llegó a San José. *Tú* no estás haciendo nada, le dijo el hombre de la coleta cuando ella le preguntó qué estaban haciendo en la instalación militar. Y lo que esté haciendo *yo* no es asunto tuyo.

Y salió del camión.

Si alguien te pregunta, le dijo, diles que estás esperando al señor Jones.

Desde el momento en que reapareció dos horas más tarde hasta que llegaron a San José, el hombre permaneció callado. Se limitó a canturrear para sí mismo, repitiendo fragmentos de lo que parecía ser la misma canción, tan inaudible que ella solo se daba cuenta de que estaba cantando por los espasmos periódicos de porrazos que iba dando sobre el volante mientras exhalaba las palabras «great balls of fire». Ya en San José había conducido directamente hasta un hotel situado en lo que parecía ser una calle secundaria del centro. El viaje gratis se termina aquí, le dijo. Visto desde la calle sin iluminar, el hotel tenía una impresionante puerta cochera de cristal y unas letras de metal bruñido que decían HOTEL COLONIAL, pero la promesa se desvaneció nada más entrar en el pequeño vestíbulo. No había aire acondicionado. Un fluorescente industrial parpadeaba en el techo, proyectando una luz enfermiza sobre la tapicería de velvetón manchada del único sillón. Mientras esperaba a que el recepcionista terminara una llamada telefónica, le empezó a parecer un mal presagio que el tipo de la coleta la hubiera llevado a aquel hotel sin preguntarle siquiera adónde quería ir (de hecho, ella no habría tenido ni idea de adónde ir, no había estado nunca en San José), simplemente había parado directamente bajo la puerta cochera y había dejado el motor al ralentí mientras esperaba a que ella saliera.

¿Por qué aquí?, le había preguntado ella.

¿Por qué no? El hombre había apagado y encendido los faros varias veces. Pensaba que querías encontrarte con gente conocida.

En la pared de al lado del ascensor había un teléfono público.

Llamaría a Barry Sedlow.

Lo primero que tenía que hacer era ponerse en contacto con Barry Sedlow.

Mientras abría el bolso y trataba de encontrar la tarjeta en la que tenía apuntado el número gratuito de su busca, se dio cuenta de que el recepcionista la estaba observando.

Le diría al recepcionista que necesitaba una farmacia, un médico, una clínica.

Saldría de aquel lugar.

Había visto una estación de autobuses de camino al hotel, la estación de autobuses estaría abierta, haría la llamada desde allí.

No se molestó en recordar las instrucciones que le dio el recepcionista para llegar a la clínica, pero resultó que pasó frente a ella de camino a la estación de autobuses. Al menos eso era una suerte. La cosa todavía podía salirle bien. Si había alguien vigilándola, la habría visto caminar hacia la clínica.

La estación de autobuses estaba casi desierta.

El empleado dormía ruidosamente dentro de una jaula metálica situada por encima del vestíbulo.

Los teléfonos públicos de la sala de espera tenían discos de marcar y no se podían usar para dejar un mensaje en un busca, que era el único número que tenía de Barry Sedlow. Emergencia, repitió en español una y otra vez cuando consiguió despertar al empleado. Le enseñó un billete de diez dólares y la tarjeta del CLUB DE TIRO KROME en la que Barry Sedlow había escrito el número gratuito. La clínica, dijo en español. Mi padre. El empleado examinó el billete y la tarjeta, luego marcó el número en su aparato de teclas y dejó el número de uno de los teléfonos públicos de la sala de espera.

Elena se sentó en un banco de plástico moldeado, se bebió un refresco de cola local, dulzón, caliente y sin burbujas, y esperó a que sonara el teléfono.

No te me pongas histérica, le dijo Barry Sedlow cuando ella descolgó. Has hecho la entrega y recibirás el pago. A veces estas cosas se retrasan un poco, estás tratando con toda una burocracia que tiene sus requerimientos, regulaciones, papeleo, formas especiales de hacer las cosas, no se limitan a contar billetes de un fajo y entregártelos como los tipos de la calle. Sé lista. No te muevas de ahí. Voy a hacer unas llamadas y vuelvo a llamarte. ¿Te parece?

Vale, dijo ella finalmente.

Por cierto, le dijo él entonces. Yo que tú no llamaría a tu padre. Lo tengo al corriente de dónde estás y de lo que estás haciendo, pero yo que tú no lo llamaría.

No se le había ocurrido llamar a su padre, pero ahora le preguntó por qué no.

Porque no sería buena idea, le dijo él. Te llamo más tarde al Colonial.

Casi había amanecido —después de que ella volviera al hotel Colonial y le diera al recepcionista su pasaporte y le dejara pasar su tarjeta de crédito, después de que subiera a su habitación individual de la tercera planta y se sentara en el borde de la cama metálica y abandonara la idea de dormir– cuando Elena cayó en la cuenta de que durante la llamada de Barry Sedlow ella no había mencionado ni una sola vez el nombre del hotel.

¿Y qué?, dijo Barry Sedlow cuando finalmente volvió a llamarla y ella se lo comentó.

Menuda chorrada. ¿Dónde más ibas a estar?

Aquella segunda conversación con Barry Sedlow se produjo en la tarde del 28 de junio. En la noche del 1 de julio Barry Sedlow la llamó por tercera vez. Y fue en la mañana del 2 de julio cuando, usando el billete comercial que le habían proporcionado, un billete solo de ida y no intercambiable a un destino designado, Elena McMahon voló de San José a la isla donde tuvo lugar el incidente que no debería haber tenido lugar.

No debería haber tenido lugar y no se había podido predecir.

Por medio de ninguna medición cuantitativa.

3

Os habréis fijado en que no estoy mencionando el nombre de la isla.

Esto es deliberado, decisión mía, y no se basa (otros autores ya han nombrado la isla, por ejemplo, los autores del estudio Rand) en el hecho de que la información esté clasificada. El nombre sería un obstáculo.

Si supierais cómo se llama quizá recordaríais los días o noches que habéis pasado en esa isla de camino a, o en lugar de, otras islas más deseables, el sabor metálico del zumo de lata de los ponches de ron, los mosquitos bajo la tela mosquitera por las noches, la casita alquilada con el tanque séptico obstruido, las desagradables conversaciones por el malentendido con la moto de agua, las horas de espera en el aeropuerto colapsado cuando los vuelos programados de la Windward Air o de BIWI simplemente no aparecieron, la labor de bordado que queríais terminar pero en vez de eso se manchó de aceite de coco, el libro que queríais acabar de leer pero que dejasteis a medias distraídamente, el tedio de todos los lugares tropicales dejados de la mano de Dios.

La decidida resistencia a la gravedad, la inquietante reducción del dilema poscolonial al malentendido con la moto de agua.

El placer culpable de abrocharte el cinturón de seguridad y despegar del suelo y saber que te bajarás del avión en el mundo desarrollado.

«Pocos podían imaginar que la plácida vida de las plantaciones estaba a punto de desaparecer —en palabras del libro de historia de la isla que os comprasteis diligentemente en el aeropuerto—. Por muy paradisiaca que debiera de parecer la tierra después de la larga travesía desde las islas de Cabo Verde. No hay que pasar por alto la contribución llevada a cabo por los primeros colonos judíos tras la construcción de su histórica sinagoga de arena de coral, provista gracias a su ubicación de unas vistas notables de Cayo Ron. Señalando una dolorosa derrota para el partido que había encabezado el movimiento hacia La Independencia.»

Reconocedlo.

Durante vuestras estancias en esa isla, no quisisteis conocer su historia. (Puntos álgidos: indios arahuacos, huracán, azúcar, Pasaje del Medio, el abandono conocido como La Independencia). Si planeasteis bien las cosas, no tuvisteis razón para frecuentar su principal ciudad. (De visita obligada: aquella histórica sinagoga de arena de coral con sus notables vistas de Cayo Ron.) No tuvisteis necesidad de aventuraros más allá de la herrumbrosa pero todavía sobrecogedora (escuela de Edward Durell Stone) fachada de nuestra embajada allí. De haberos encontrado con esa necesidad (mala planificación, problemas, pérdida de pasaporte), habríais descubierto que se trataba de una embajada más grande de lo que los intereses estadounidenses en la isla parecían requerir, una reliquia de la época en que Washington había caído presa de la idea de que la emergencia de naciones independientes en islas de monocultivos con ingresos anuales per cápita de tres cifras ofrecía las condiciones óptimas para desviar capital privado de los países de la cuenca asiática del Pacífico al *mare nostrum*.

En esa isla se habían promovido muchos planes de inversión fantasma. Se habían planificado muchas sesiones de formación y se habían escenificado muchas giras promocionales. Se habían emprendido muchos programas piloto, todos citados en su inicio como modelos intachables de cómo una superpotencia responsable podía contribuir a llevar a un PMD, o País

Menos Desarrollado, a la lista de los NPI, o Nuevos Países Industrializados, autosuficientes. En una isla donde la mayoría de las preocupaciones humanas quedaban anuladas por el clima, aquella era una embajada en la que las dudas tropicales habían sido mantenidas a raya por el dominio de las siglas. En 1984 todavía era posible oír hablar en aquella embajada de las «MCC», o Medidas de Construcción de la Confianza. En 1984 todavía era posible oír hablar de las «NHB», o Necesidades Humanas Básicas.

Lo que no se podía ocultar por medio de las siglas solía reducirse a su diminutivo más críptico. Recuerdo que en aquella embajada oí hablar mucho sobre el «Del», antes de enterarme de que se refería a una fórmula para predecir acontecimientos desarrollada por la Corporación Rand e informalmente conocida como Método Delfi (aquello que no debería haber tenido lugar y que no se había podido predecir por medio de ninguna medición cuantitativa tampoco se había podido predecir presumiblemente por medio del Del), y una vez aguanté una sesión entera de un grupo de estudio sobre «La Tec-Ap: sus usos y malos usos» antes de adivinar que el tema en cuestión era algo denominado movimiento por la Tecnología Apropiada, cuyos defensores al parecer no creían que el desarrollo tecnológico del Primer Mundo fuera apropiado para trasladarlo al Tercero. Recuerdo una acalorada discusión acerca de si la introducción del procesamiento de datos en el programa de alfabetización de la isla podía o no clasificarse como Tec-Ap. Las competencias tecnológicas son harina de otro costal, no paraba de repetir un agregado económico. Las competencias tecnológicas estarían en un grupo de prioridad dos. Una serie de cargos políticos de libre designación, colaboradores jubilados de la Región Intermontañosa del Oeste, habían pasado por la residencia oficial sin encontrar nunca la necesidad de dominar el particular dialecto que se hablaba en aquella embajada.

Por supuesto, Alexander Brokaw no era un cargo político de libre designación.

Alex Brokaw era diplomático de carrera, con un currículum lleno de delicados destinos.

Alex Brokaw había llegado a aquella isla hacía seis meses para llevar a cabo un trabajo muy concreto.

Porque como Alex Brokaw decía a menudo, «cuando se cambie de marcha para iniciar una intervención a plena escala, estaremos haciendo rotación continua de tropas, lo cual es bueno para la moral en casa pero no lo es para la continuidad de la construcción. Así que más nos vale traer a los profesionales al frente».

«A los profesionales y, por supuesto, a las Fuerzas Especiales.»

Un trabajo que implicaba establecer la presencia en la isla de un grupo selecto de estadounidense, y desaconsejar la presencia de todos los demás.

Que es por lo que Alex Brokaw le mencionó a su segundo jefe de misión, después del incidente sucedido en el picnic de la embajada del Cuatro de Julio, que quizá conviniera investigar los antecedentes de Elise Meyer, que era el nombre que figuraba en el pasaporte que estaba usando por entonces Elena McMahon.

4

Cuando intento entender cómo Elena McMahon pudo asimilar, sin inmutarse en apariencia, la lógica de viajar con un pasaporte que no era el suyo a un lugar al que nunca había tenido intención de ir, cómo pudo aceptar sin problemas aquella revisión radical de su identidad, cómo pudo entrar en una vida que no era la suya y vivirla, me acuerdo de la última vez que la vi.

La noche de los Oscar de 1982.

Cuando ella todavía vivía en la casa de Pacific Coast Highway.

Fue cinco meses después cuando se marchó de aquella casa, matriculó a Catherine en un internado episcopaliano de Rhode Island y consiguió que la contrataran (no gracias a su ya remota carrera de cuatro años en el *Herald Examiner*, sino gracias a la corazonada editorial de que las aportaciones escrupulosamente bilaterales a las campañas políticas de Wynn Janklow podrían darle cierto acceso a la esposa ya separada) en el *Post* de Washington.

Todo esto sucedió muy deprisa.

Todo esto sucedió tan deprisa que yo me enteré cuando volví de Francia en septiembre de 1982 y me puse a revisar el correo que se me había acumulado, y estaba a punto de tirar sin abrirlo un sobre blanco y sencillo con franqueo impreso y remitente de Washington D.C., porque parecía una simple petición más de apoyo u oposición a alguna que otra causa. Si no me hubiera distraído una llamada telefónica no habría llegado a abrir el sobre, pero así fue, y lo abrí y allí estaba: una nota escrita a mano y firmada «Elena» que decía que por supuesto yo ya sabía que Catherine y ella se habían reubicado en la Costa Este, pero que ahora ya estaba instalada y por fin había encontrado tiempo para mandar su dirección. El nombre impreso en la tarjeta de cambio de dirección que había sujeta con un clip a la nota era «Elena McMahon».

«Reubicado» era la palabra que usaba.

Como si dejar a Wynn Janklow hubiera sido un traslado empresarial.

Yo no me había enterado de que Catherine y ella se habían reubicado en la Costa Este.

No me había enterado de nada.

Lo único que sabía era que en la noche de los Oscar de aquel año Elena McMahon todavía era Elena Janklow, sentada a la mesa ante su plato sin tocar de *cassoulet* en la fiesta que en nuestra comunidad más bien aislada era por entonces el único evento que se acercaba a un banquete de la realeza, mientras trenzaba distraídamente una cinta de Mylar arrancada de un globo con la correa de estrás de su vestido. Ni una sola vez la vi mirar las enormes pantallas de televisión instaladas a la altura de los ojos de todo el mundo, ni siquiera en los momentos en que algún favorito local se levantaba para recibir un premio y la concurrencia guardaba silencio un momento. Tampoco respetó la otra costumbre tribal principal de la velada, que era levantarse prestamente y caminar hasta la barra nada más terminar los premios, dejando así que se recogieran las mesas al tiempo que se aplaudían las llegadas triunfales de los ganadores y la inspiradora deportividad de los perdedores.

Elena no se levantó para nada.

Elena se quedó sentada, desmontando ociosamente un adornito de la mesa para quitarle el Oscar en miniatura que tenía en el centro, sin prestar atención ni a los ganadores ni a los perdedores, sin prestar atención ni siquiera a los ayudantes de camarero que estaban cambiando el mantel que tenía delante. Solo cuando me senté enfrente de ella en la mesa levantó la vista.

—Se lo prometí a Catherine —me dijo, refiriéndose al Oscar en miniatura.

Lo que dijo a continuación aquella noche de los Oscar fue algo que por entonces interpreté solo como que estaba cansada de la festividad estructural del evento, del hecho de que iba vestida de estrás a plena luz del día desde las cuatro de la tarde y llevaba sentada a aquella mesa desde las cinco y ya se quería ir a casa.

Pero entendí mal lo que dijo a continuación.

Igual que me equivocaría más adelante al preguntarme cómo podía asimilar con tanta facilidad la lógica de entrar en una vida que no era la suya y vivirla.

Lo que dijo a continuación aquella noche de los Oscar fue: «Ya no puedo seguir fingiendo».

Sugiriendo que ya hacía mucho tiempo que había asimilado aquella lógica.

5

—Alguien te comunicará lo que quieren que hagas —le dijo Barry Sedlow la última vez que la llamó a San José.

—¿Cuándo? —dijo ella.

—Por cierto, he visto a tu padre. Te manda un saludo. Lo estoy manteniendo al corriente.

Mandar un saludo no formaba parte del vocabulario de su padre, pero Elena lo dejó pasar.

—Le he preguntado cuándo.

—Tú no te muevas de ahí.

En los seis días que llevaba en San José solo había salido dos veces de su habitación del Colonial, una para comprarse un cepillo de dientes y un bote de aspirinas, y otra para comprarse una camiseta y pantalones de algodón y así poder lavar el vestido de seda negra. Le había dado a la doncella dólares americanos para que le trajera bocadillos, café y de vez en cuando un Big Mac del McDonald's de delante de la estación de autobuses.

—Es lo mismo que me dijo la noche en que llegué. Y no me he movido de aquí. Necesito saber cuándo.

—Es difícil de saber. Quizá esta noche. —Hubo un silencio—. Quizá quieran que recibas el pago en otra ubicación. Quién sabe.

—¿Dónde?

—Ya te dirán dónde.

Al cabo de una hora el sobre que contenía el pasaporte y el billete de avión empezó a aparecer, emergiendo a una velocidad tan imperceptible que al final se vio obligada a respirar, por debajo de la puerta cerrada de su habitación del Colonial.

No sabía por qué había estado mirando la puerta en el momento exacto en que había empezado a aparecer el sobre.

No había oído ningún ruido que la alertara, ningún susurro del papel sobre la moqueta, ni tampoco movimiento en el pasillo.

El sobre terminó de pasar por debajo de la puerta y permaneció inmóvil en el suelo del interior de la habitación unos cinco minutos largos antes de que Elena, todavía paralizada, se acercara a él. El billete a nombre de Elise Meyer había sido expedido por American Airlines en Miami el 30 de junio de 1984. El pasaporte a nombre de Elise Meyer había sido emitido el 30 de junio de 1984 en la Agencia Estadounidense de Pasaportes de Miami.

En la fotografía pegada a aquel pasaporte ella salía sonriendo.

En la fotografía pegada a su pasaporte auténtico no sonreía.

No podía compararlos porque su pasaporte auténtico estaba en la caja fuerte del hotel, en la planta baja, pero estaba bastante segura de que las dos fotografías eran iguales en todo lo demás.

Examinó la fotografía del pasaporte un momento largo antes de entender cómo era posible que se pareciera en todo lo demás a la fotografía de su pasaporte auténtico. Se parecía en todo lo demás a la fotografía de su pasaporte auténtico porque estaban hechas las dos al mismo tiempo, poco después de su llegada a Washington, en una tienda de fotos de pasaporte que había delante de la redacción del periódico. Había pedido polaroids extra para usarlas en los visados. En algún momento reciente de aquella campaña (fuera cuando fuera que el Servicio Secreto había empezado a exigir fotos para las nuevas acreditaciones) se había guardado las cinco o seis copias sobrantes en un bolsillo de la bolsa del ordenador.

Por qué no iba a hacerlo.

Claro que lo había hecho.

Y, naturalmente, la bolsa de su ordenador estaba en un armario de la casa de Sweetwater.

«Por cierto, he visto a tu padre. Te manda un saludo. Lo estoy manteniendo al corriente.»

6

Claro, para entonces Dick McMahon ya estaba muerto.

Y, por supuesto, había muerto en circunstancias que no parecían extrañas en absoluto: la llamada a la agencia de enfermeras realizada a mediodía del 27 de junio notificando que ya no se requería turno de noche para el señor McMahon; la predecible emergencia de medianoche, al cabo de doce horas; la fortuita y prácticamente simultánea llegada a la casa de Sweetwater del muy atento y joven médico; el traslado en la madrugada del 28 de junio a la habitación de dos camas de la Residencia para Convalecientes Clearview de South Kendall; la sucesión de visitas durante las treinta y seis horas siguientes del muy atento y joven médico, y por fin el certificado de defunción.

En aquella clínica no era inusual ver que un paciente recién llegado se mostraba agitado.

Tampoco era inusual, dado el estado de agitación extrema de aquel nuevo paciente, que se tomara la decisión de incrementar la sedación.

Tampoco era inusual, dados los continuos intentos por parte de aquel nuevo paciente extremadamente agitado de establecer contacto con el paciente de la otra cama, llevar a cabo un traslado temporal del paciente de la otra cama a una camilla más cómoda en la sala de fumar de empleados.

Tampoco era inusual que aquel nuevo paciente extremadamente agitado y cada vez más enfermo «se fuera», pese a los grandes esfuerzos de aquel muy atento y joven médico. «Irse» era como se referían a la muerte en la Residencia para Convalecientes Clearview, tanto los pacientes como los empleados. Se está yendo. Se ha ido.

Tampoco había necesidad de autopsia, porque se certificaría que lo que hubiera pasado había pasado en una residencia con licencia y bajo los cuidados de un médico con licencia. Y el certificado estaría completamente en orden. Era incuestionable que Dick McMahon ya se había ido para cuando certificaron su muerte.

Que se había producido, de acuerdo con los registros de la Residencia para Convalecientes Clearview de South Kendall, a la 1.23 de la madrugada del 30 de junio. Como la certificación tuvo lugar después de la medianoche, la factura que se tramitó para ser reembolsada bajo el seguro Medicare A era por tres noches completas, las del 28, 29 y 30 de junio. «Defunción del titular de la póliza 171.4» era la nota que constaba en la factura presentada al Medicare A en el espacio correspondiente a «Descripción completa del estado en el momento del alta, incluyendo código diagnóstico».

McMAHON, Richard Allen: 74 años, fallecido bajo atención médica el 30 de junio de 1984 en la Residencia para Convalecientes Clearview de South Kendall. No se ha programado servicio fúnebre.

Esto decía el texto que apareció en tipografía diminuta en la columna de estadísticas vitales, que se compilaba a diario a partir de las muertes, nacimientos y matrimonios que entraban en el registro civil del día anterior, en la edición del *Herald* de Miami del 2 de julio de 1984.

Cualquiera que estuviera interesado en comprobar los registros de la agencia de enfermeras sobre el señor McMahon, podría haber averiguado que la llamada del 27 de junio que ordenó que se cancelara el turno de noche para el señor McMahon la había hecho una mujer que se identificó como la hija del señor McMahon.

No quedaba claro quién había hecho la llamada de medianoche al muy atento y joven médico.

Porque nadie lo preguntó.

Porque la única persona que lo podría haber preguntado todavía no había tenido oportunidad de leer el texto en tipografía diminuta aparecido en la columna de estadísticas vitales de la edición del *Herald* de Miami del 2 de julio de 1984.

«Por cierto. Yo que tú no llamaría a tu padre. Lo tengo al corriente de dónde estás y de lo que estás haciendo, pero yo que tú no lo llamaría.»

«Porque no sería buena idea.»

7

En el momento de marcharse de San José, Elena todavía no sabía que su padre había muerto, pero había ciertas cosas que ya sabía. Una parte de lo que ya sabía al marcharse de San José lo había averiguado antes incluso de llegar a Costa Rica; de hecho, lo había sabido desde la tarde en que se oscureció el cielo y los relámpagos se ramificaron en el horizonte que se veía desde la habitación de Dick McMahon en el Jackson Memorial y él empezó a contarle a quién tenía que ver y qué tenía que hacer. Otra parte de lo que ya sabía lo había averiguado el día en que se había llevado a su padre de vuelta del Jackson Memorial a la casa de Sweetwater y había conseguido que desistiera de su intención de ir con el coche hasta el sitio donde estaba amarrado el *Kitty Rex* y donde lo estaba esperando Barry Sedlow. Una parte de lo que ya sabía lo consideraba verdadero y otra parte de lo que ya sabía lo consideraba engañoso, pero como aquel era un asunto en el que la verdad y el engaño parecían igualmente dudosos, no le quedó más remedio que proceder como si hasta la información en apariencia más clara pudiera explotar en cualquier momento.

Toda información era una mina de fragmentación en potencia.

Las minas de fragmentación le vinieron de inmediato a la cabeza debido a una de las cosas que ya sabía.

Esta era una de las cosas que ya sabía: el cargamento que iba en el L-100 que despegó del Aeropuerto Internacional de Fort Lauderdale-Hollywood a la una y media de la madrugada del 26 de junio se componía exclusivamente de minas de fragmentación, trescientos veinticuatro palés, con doce cajas por palé y entre diez y doscientas minas por caja dependiendo del tipo y del tamaño. Algunas de las minas eran antitanque y otras eran antipersona. Estaban las antitanque L-9 de cuarenta y siete pulgadas que fabricaba British Aerospace y estaban las antitanque PT-MI-BA III de trece pulgadas que fabricaban los checos. Estaban las antipersona POMZ-2 y estaban las antipersona de tipo 72A chinas y estaban las antipersona Valmara 69 italianas.

Las 69.

«Epperson había planteado una cifra de tres dólares por unidad de 69 y ahora afirmaba que el mercado había caído a dos por unidad.»

Cuando aquella mañana se descargaron por fin los palés de las 69 sobre la pista de aterrizaje, el hombre de la cabeza afeitada y los vaqueros cortados le dio a Elena un martillo y le dijo que abriera una caja para poder verificar las mercancías.

Ábralo usted, había dicho ella, devolviéndole el martillo.

No funciona así, dijo él sin coger el martillo.

Ella vaciló.

El hombre se desató una camiseta que llevaba anudada al cinturón y se la puso sobre el pecho desnudo. En la camiseta había impresa una bandera estadounidense y la inscripción ESTOS COLORES NO SE VAN.

No tengo que ir a ninguna parte, dijo el hombre, o sea que decides tú.

Elena abrió la caja haciendo palanca con el martillo y le enseñó el contenido.

El hombre sacó uno de los pequeños artefactos de plástico, lo examinó, se alejó y lo dejó en el suelo, a medio camino entre Elena y la estructura de cemento. Cuando volvió con ella, venía cantando desafinadamente un trozo del tema de *Bonanza*.

Retrocedió unos pasos y le hizo un gesto a Elena para que hiciera lo mismo.

Luego dirigió un mando a distancia hacia el artefacto de plástico y silbó.

Cuando Elena vio salir al perro corriendo por la puerta abierta de la estructura de cemento, cerró los ojos. La explosión se produjo entre «We got a right to pick a little fight» y «Bo-nan-za». El silencio que vino a continuación solo se vio interrumpido por el prolongado y menguante gañido del perro.

—Zona de no supervivencia garantizada de veinte metros de diámetro —dijo el hombre que estaba de camino de Angola a Tulsa.

Esta era la segunda cosa que ya sabía: que aquel envío del 26 de junio no era el primero de aquellos envíos que organizaba su padre. Había estado organizando aquellos envíos durante toda la primavera y lo que llevaban de verano de 1984, a razón de un mínimo de dos y normalmente tres o cuatro al mes, a bordo de aviones C-123, Convair 440, L-100, los que fuera que le mandaran para llenarlos, aparatos de panzas grandes y herrumbrosas posados en pistas secundarias de los aeropuertos de Lauderdale-Hollywood y West Palm y Opa-Locka y Miami esperando a que los cargaran de AK-47, M-16, MAC-10, C-4, de lo que hubiera en las calles, de lo que hubiera ahí fuera, de lo que Dick McMahon todavía pudiera colocar valiéndose de sus conexiones, de sus contactos, de sus cincuenta años de hacer chanchullos en Miami, en Houston, en Las Vegas, en Phoenix y en los bosques de pinos de Alabama y Georgia.

No había sido fácil juntar aquellos cargamentos.

Su padre había juntado aquellos cargamentos a crédito, apelando a la buena voluntad, tomando una copa con alguien aquí y haciendo una promesa allá y contando una historia en el Holiday Inn de Miami Springs a las dos de la madrugada, aprovechando las ganas de dar un último golpe que compartían los que él denominaba «tipos a los que conozco de toda la vida».

Había recurrido a todos aquellos que le debían favores.

Se había mojado personalmente, había dejado un rastro de papeles por todo el sudeste, había tirado los dados por última vez, una última apuesta por el premio de un millón de dólares.

El premio de un millón de dólares que tenía que llegarle con la entrega del envío del 26 de junio.

«Un millón de dólares americanos en cheques de viaje del Citibank, que son como el oro.

»Por supuesto, tengo que pagar la mitad a esos tipos a los que conozco de toda la vida y que me han adelantado el material.

»Lo cual complica la situación en que estoy ahora.

»Ellie, ya ves en qué situación me encuentro.

»Hace cinco, diez años, no me habría arriesgado así, antes yo pagaba al contado y cobraba al contado, todo limpio, era mi lema estricto, todo a tocateja, quizá me esté haciendo viejo, quizá haya jugado mal esto, pero, joder, Ellie, piénsalo, ¿cuándo se me iba a presentar otra oportunidad como esta?

»Y no me vengas con lo de la maldita previsión.

»Lo de la previsión es para vendedores de zapatos.

»Hace cinco, diez años, claro, podría haberlo hecho de otra manera, pero hace cinco, diez años no estábamos en medio del jodido boom del mercado más grande que se haya visto. Así que ¿qué otra cosa puedes hacer? Aprovechar el momento, asumir un poco de riesgo, salir de tu limbo para variar, es todo lo que puedes hacer, tal como yo lo veo.

»Así que en fin.

»Ya ves.

»Ya ves que necesito este negocio.

»Ya ves que me encuentro en una posición en que necesito bajar allí y recoger el dinero.»

Fue la cifra lo que le rompió el corazón a Elena.

Lo redondo de la cifra.

La magnitud de la cifra.

La cifra que formaba parte de lo que ella consideraba engañoso, la cifra que había sido el *bel canto* de su infancia, la cifra que ya no era más que un recuerdo, un eco, un sueño, una fantasía romántica, el cuento de hadas de un viejo.

«El golpe del millón de dólares, el trabajito del millón de dólares, el premio del millón de dólares.»

El trabajito del que su padre ya debía la mitad a otra gente, el premio que ya estaba embargado.

El golpe que ya ni siquiera era un golpe.

Yo he puesto una unidad y mi padre dos, solía decir Wynn Janklow para referirse a inversiones de cien y doscientos millones de dólares.

«Golpe de un millón de dólares, trabajito de un millón de dólares.»

Ella había hecho las cosas a su manera.

Se había buscado la vida.

Se había casado con un hombre que no contaba el dinero en millones sino en unidades.

Había hecho oídos sordos, les había dado la espalda.

«A veces era porque la acababas de llamar desde donde fuera.»

En la instantánea arrugada que Elena había rescatado del dormitorio de su madre, su padre sostenía una botella de cerveza y su madre llevaba un delantal de barbacoa con estampado de horcas y las palabras SALTAR DE LA SARTÉN PARA CAER EN LAS BRASAS.

«O porque no la habías llamado.»

Elena redordaba el día en que habían tomado aquella foto.

Cuatro de Julio, ella tenía nueve o diez años, un amigo de su padre había traído fuegos artificiales desde la frontera, unos cohetitos gruesos y chispeantes que a ella no le habían gustado nada y unas bengalas que creaban luciérnagas en el crepúsculo caluroso del desierto.

Medio margarita y ya estoy volando, no paraba de decir su madre.

Esto está muy bien, no paraba de decir su padre. Para qué queremos a los italianos, si tenemos aquí un espectáculo para nosotros solos.

«Teníamos una vida de verdad y ahora no la tenemos y solo porque soy tu hija se supone que me tiene que gustar, pero no me gusta.»

¿Qué va a pasar ahora?, había dicho su padre el día en que ella lo había llevado del hospital a la casa de Sweetwater. Mierda. Ellie. ¿Qué va a pasar ahora?

Yo me encargo, dijo Elena.

A las ocho de la mañana del 2 de julio Elena ya se había marchado del hotel Colonial y estaba en el taxi de camino al aeropuerto de San José. A las ocho de la mañana del 2 de julio todavía no sabía que la necrológica de su padre había aparecido en el *Herald* de Miami de aquella mañana, pero sí que sabía otras cosas.

Y esta era la tercera cosa que ya sabía.

Al marcharse del hotel había pedido su pasaporte.

Su pasaporte auténtico.

El pasaporte que había dejado en recepción la noche en que había llegado.

Para las autoridades, para que se lo guardaran a buen recaudo.

El recepcionista estaba bastante seguro de que se lo habían devuelto.

Muy seguro, le repitió en español. Segurísimo.

El taxi para ir al aeropuerto la estaba esperando fuera.

¿Podría usted mirar otra vez?, le dijo ella. Es un pasaporte estadounidense. A nombre de McMahon. Elena McMahon.

El recepcionista abrió la caja fuerte, sacó varios pasaportes, los desplegó en forma de abanico sobre el mostrador y se encogió de hombros.

Ninguno de los pasaportes era estadounidense.

En las casillas de detrás del recepcionista pudo ver llaves de habitaciones y unos cuantos mensajes.

La casilla de la habitación de ella estaba vacía.

Reflexionó sobre aquello.

El recepcionista levantó un dedo índice, se dio un golpecito en la sien y sonrió. Tengo la solución, dijo en español. Como estaba claro que le habían devuelto el pasaporte, no cabía duda de que lo encontrarían en su habitación. ¿Sería tan amable de dejarles una dirección?

Creo que no, dijo ella, y caminó hasta la puerta abierta.

Buen viaje, señora Meyer, le dijo el recepcionista levantando la voz mientras ella se metía en el taxi del aeropuerto.

8

Cuando aterrizó en la isla a la una y media de la tarde del 2 de julio, el cielo estaba encapotado y la pista de aterrizaje ya inundada de la lluvia que seguiría cayendo de forma intermitente durante la semana siguiente. El piloto costarricense había mencionado aquella posibilidad. «Unos pocos chaparrones que no enfriarán los ánimos de ningún turista», había explicado el piloto durante su parte en inglés desde la cabina delantera. A Elena se le ocurrió, mientras escondía debajo de su camiseta aquel pasaporte que se le antojaba ajeno y echaba a correr hacia la terminal, que aquellos chaparrones no enfriarían los ánimos de ningún turista, ya que no parecía haber ni uno solo a la vista.

Ni bolsas de golf, ni raquetas de tenis ni niños quemados por el sol a rastras.

Ningún viajero nervioso con cuatro bolsas de tela demasiado llenas y una tarjeta de embarque para la avioneta de seis plazas que llevaba a la isla más deseable.

Ni siquiera parecía haber un solo empleado aeroportuario a la vista.

Solo la media docena de jóvenes con los uniformes de manga corta de lo que parecía ser una especie de policía militar local, matando el rato al otro lado de las puertas de cristal cerradas de la terminal.

Elena se detuvo, con la lluvia cayéndole a chorros por la cara, esperando a que las puertas correderas se abrieran automáticamente.

Como las puertas no se abrieron, golpeó el cristal con los nudillos.

Después de lo que pareció un lapso de tiempo considerable, y después de que se uniera a ella frente a las puertas de cristal la tripulación de su vuelo, uno de los hombres de dentro se separó del resto e introdujo una llave para abrir las puertas.

Gracias, dijo ella.

Muévase, dijo el otro.

Ella se movió.

Una puerta de embarque a oscuras tras otra. Las pasarelas automáticas no se movían, las cintas transportadoras del equipaje estaban en silencio. Las persianas metálicas cubrían las entradas de las cafeterías y tiendas del aeropuerto, incluyendo la que prometía DUTY-FREE ABIERTO 24 HORAS. En el avión había hecho acopio de valor para obligarse a mirar a los ojos de su interlocutor cuando pasara por inmigración, pero el solitario agente de inmigración se limitó a examinar su pasaporte sin interés, sellarlo y devolvérselo sin mirarla a la cara en ningún momento.

—¿Dónde se aloja? —le preguntó, con el bolígrafo listo para rellenar el formulario que requiriera aquella información.

—¿Mientras estoy aquí, quiere decir? —dijo ella para ganar tiempo—. ¿En qué hotel, quiere decir?

—Correcto, correcto, ¿en qué hotel? —El tipo estaba aburrido e impaciente—. ¿El Ramada, el Royal Caribe, el Intercon, cuál?

—El Ramada —dijo ella.

Se subió a un taxi diciendo que iba al Ramada y, en cuanto se cerró la portezuela, le dijo al taxista que había cambiado de opinión y que quería ir al Intercon. En el Intercon se registró con el nombre de Elise Meyer. Nada más subir a su habitación llamó al busca de Barry Sedlow y le dejó el número del hotel.

Al cabo de veinte minutos sonó el teléfono.

Ella descolgó pero no dijo nada.

De momento todo bien, dijo Barry Sedlow. Estás donde tienes que estar.

Ella reflexionó al respecto.

Le había dejado el número del hotel en el busca, pero no le había dejado el número de habitación.

Para que le pasaran con su habitación, Sedlow necesitaba saber con qué nombre se había registrado.

Tenía que saber que el pasaporte estaba a nombre de Elise Meyer.

Ella no dijo nada.

Quédate ahí, le dijo Sedlow. Alguien se pondrá en contacto contigo.

Ella tampoco dijo nada.

Perdiendo contacto por radio, dijo él. ¿Holaaa?

Hubo un silencio.

Vale, lo pillo, dijo Sedlow por fin. Si no quieres hablar, no hables. Pero hazte un favor a ti misma... Relájate. Baja a la piscina, dale una propina al muchacho para que te ponga una tumbona, toma un poco el sol, pídete una de esas bebidas con las cerezas y la piña y una sombrillita, estás ahí de turista, intenta comportarte como tal, dile a la operadora que te desvíe las llamadas, no te preocupes porque no te encuentren, te encontrarán igual.

Y ella obedeció. No le habló a Barry Sedlow, pero hizo lo que él le dijo que hiciera.

No sé por qué (otro ejemplo de «qué la "cambió", qué la "motivó", qué la llevó a hacer lo que hizo»), pero Elena colgó el teléfono y esperó a que parara la lluvia e hizo exactamente lo que Barry Sedlow le dijo que hiciera.

A las cuatro de aquella tarde, y otra vez a mediodía del día siguiente, y otra vez a mediodía del día después, se compró el diario local y todos los periódicos estadounidenses del día anterior que pudo encontrar en la cafetería y bajó a la piscina del Intercon y le dio al muchacho una propina para que le pusiera una tumbona cerca del teléfono de la caseta de la piscina. Se sentó en la tumbona bajo el cielo gris y leyó los periódicos de cabo a rabo, uno a uno, empezando por el diario local y continuando con cualquier *Herald* de Miami o *Times* de Nueva York o *USA Today* que hubiera llegado aquella mañana. En la tumbona junto a la piscina del Intercon leyó sobre la huelga de estibadores de las Granadinas. En la tumbona junto a la piscina del Intercon leyó sobre la manifestación en Pointe-à-Pitre para protestar por la detención del líder del movimiento independentista. En un *USA Today* de la semana anterior leyó sobre los efectos del aceite de pescado en los pandas infértiles de una serie de zoos remotos. Los únicos artículos que evitó directamente, allí en su tumbona junto a la piscina del Intercon, eran los que tenían que ver con la campaña. Se saltaba cualquier artículo que tuviera que ver con la campaña. Prefería aquellos que tuvieran que ver con fuerzas naturales, artículos sobre nuevas evidencias de erosión en los arrecifes de las Maldivas, por ejemplo, o investigaciones publicadas recientemente sobre las corrientes de aguas frías y profundas provocadas por El Niño en el Pacífico.

Sobre movimientos eólicos inusuales registrados frente a la costa de África.

Sobre datos controvertidos que predecían alto riesgo de terremotos por encima de 5,5 en la escala de Richter.

Americana, le dijo el muchacho de la piscina cuando ella le dio un dólar americano de propina el primer día. Están viniendo muchos americanos.

¿Ah, sí?, dijo ella, para poner fin a la conversación.

Bueno para el negocio, dijo él, para reabrirla.

Ella contempló la piscina vacía y las tumbonas sin usar amontonadas contra la caseta. Supongo que no nadan mucho, dijo.

El muchacho soltó una risita y se golpeó el muslo con una toalla. No nadan mucho, dijo por fin. No.

Al tercer día empezó a fijarse ella también en los americanos. La noche anterior había visto a varios en la cafetería, todos hombres. Varios más en el vestíbulo, riendo juntos mientras esperaban en la entrada para montarse en una furgoneta blindada sin distintivos.

La furgoneta tenía matrícula del cuerpo diplomático.

Lo juro por Dios, durante aquel trato en Chalatenango vacié como unos tres cargadores y medio, dijo uno de los americanos.

Mierda, dijo otro. ¿Sabes en qué se diferencia esa gente de los vampiros? En que al vampiro le clavas una estaca en el corazón y se muere, joder.

En la piscina no había americanos.

Hasta ahora.

Mientras leía el diario local se dio cuenta de que uno de los hombres a los que había visto esperar para montarse en la furgoneta del cuerpo diplomático estaba plantado entre su tumbona y la piscina, bloqueando el caminillo de baldosas y fumando un cigarrillo mientras examinaba la zona por lo demás vacía de la piscina.

De espaldas a ella.

Su chaqueta de chándal llevaba la inscripción 25TH DIVISION TROPIC LIGHTNING.

Se dio cuenta de que estaba leyendo por tercera vez el mismo artículo de seguimiento sobre una ola de robos de coches con violencia en las inmediaciones del Aeropuerto Internacional Cyril E. King de Santo Tomás.

Disculpe, dijo Elena. ¿Sabe qué hora es?

El hombre sacudió la ceniza de su cigarrillo en dirección al reloj que había encima del mostrador de la caseta de la piscina.

El reloj marcaba la 1.10.

Dejó el diario local y cogió el *Herald* de Miami.

Siguió leyendo el *Herald* de Miami hasta llegar a la página 16 de la sección B.

Página 16 de la sección B del *Herald* de Miami del 2 de julio, hacía dos días.

MCMAHON, Richard Allen: 74 años, fallecido bajo atención médica el 30 de junio de 1984 en la Residencia para Convalecientes Clearview de South Kendall. No se ha programado servicio fúnebre.

Dobló el periódico, se levantó de la tumbona y pasó rozando al americano de la chaqueta de chándal.

Perdone, dijo él. Señora.

Discúlpeme, dijo ella.

Delante del hotel cogió un taxi y le dijo al taxista que la llevara a la embajada estadounidense. El «pequeño episodio» (según ella) acaecido en la entrada principal de la embajada duró diez minutos. La «coincidencia un tanto siniestra» (según ella) o el «incidente» (como pasó a denominarse de inmediato) en el picnic de la embajada duró otros diez minutos. Cuando volvió a su habitación del Intercon, sobre las dos y media de la tarde del 4 de julio, escribió dos cartas, una a Catherine y otra a Wynn Janklow, que luego llevó a una estafeta de correo aéreo para enviarlas con entrega al día siguiente en Estados Unidos. «Pajarito mío», empezaba la carta a Catherine. Había hablado con Catherine dos veces desde San José y otra vez la noche que había llegado a la isla, pero habían sido llamadas insatisfactorias y ahora no conseguía contactar con ella.

Te he intentado llamar hace unos minutos pero habías dejado la residencia para irte a Cape Ann con Francie y sus padres. No he sabido cómo encontrarte y hay dos cosas que tengo que decirte sin tardanza. Lo primero que tengo que decirte es que le voy a pedir a tu padre que te recoja y te lleve a Malibú una temporada. Solo hasta que yo vuelva de este viaje. De todas maneras no necesitas créditos de verano y seguramente él podrá organizarlo para que hagas allí la preparación para el acceso a la universidad. Lo segundo que tengo que decirte es que te quiero. A veces discutimos por cosas, pero creo que las dos sabemos que solo discutimos porque quiero que te vaya bien en la vida y que seas feliz. No quiero que malgastes tu tiempo. No quiero que malgastes tu talento. No dejes que la persona que eres se vea confundida por la idea que tiene otra persona sobre quién deberías ser.

Te quiero más que nadie. Millones de besos, M.

P. D.: Si viene otra persona y se te quiere llevar de la escuela por la razón que sea, repito, POR LA RAZÓN QUE SEA, no te vayas, repito, NO TE VAYAS con esa persona.

La carta a Wynn Janklow era corta porque a él sí lo había encontrado por teléfono, en la casa de Malibú, nada más volver de la embajada. Lo había llamado desde un teléfono de pago del vestíbulo del Intercon. Si él no le hubiera contestado, ella se habría esperado en el vestíbulo hasta que lo hiciera, porque necesitaba hablar con Wynn antes de exponerse a cualquier situación (el ascensor, por ejemplo, o el pasillo de arriba) en la que pudiera quedarse sola.

Cualquier situación que le pudiera impedir decirle a Wynn lo que quería pedirle que hiciera.

Wynn contestó al teléfono.

Wynn le dijo que acababa de aterrizar de un vuelo desde Taipéi.

Ella le dijo a Wynn lo que quería que él hiciera.

No le mencionó la coincidencia un tanto siniestra que había tenido lugar en el picnic de la embajada.

«Por lo que tengo entendido, Dick McMahon no va a ser ningún problema», había oído decir en el picnic de la embajada a una voz que le resultó familiar pero que no pudo ubicar.

La orquesta de tambores metálicos que estaba tocando marchas militares de Sousa guardó silencio un momento y la voz familiar pero imposible de ubicar se oyó por toda la carpa.

«Dik MacMajon. —La voz familiar pronunció el nombre con acento español—. Por lo que tengo entendido, Dik Mac-Majon no va a ser ningún problema.»

No pudo ubicar la voz hasta que vio al salvadoreño al otro lado de la carpa.

«Eso es lo que me preocupa —recordaba Elena que había dicho el salvadoreño en la sala de la Pan Am del aeropuerto de Miami mientras cogía el sobre que le acababa de pasar Barry Sedlow—. Tenemos un problemilla aquí.»

«Un pasajero en tránsito —recordaba Elena que había dicho Barry Sedlow en el coche justo después de apagar de un disparo la farola con la Browning de 9 milímetros—. Ya estará en el vuelo de las seis y media de vuelta a San Sal. No es asunto nuestro.»

El salvadoreño era la coincidencia un tanto siniestra.

El salvadoreño fue la razón de que Elena llamara a Wynn.

El salvadoreño fue la razón de que Elena intentara llamar a Catherine.

El salvadoreño fue la razón de que escribiera las cartas y las llevara a la estafeta de correo aéreo para que las recibieran Catherine y Wynn al día siguiente.

El salvadoreño fue la razón de que al salir de la estafeta de correo aéreo Elena fuera a una sucursal local del Bank of America, donde retiró once mil dólares en metálico, todo el dinero en metálico que había disponible en las diversas tarjetas de crédito de Elena McMahon.

El salvadoreño fue la razón de que a continuación destruyera las tarjetas.

«Por lo que tengo entendido, Dick McMahon no va a ser ningún problema.»

«No es asunto nuestro», le había dicho Barry Sedlow, pero sí lo era.

Escribió las cartas y organizó las cosas para que Wynn se hiciera cargo de Catherine y sacó los once mil dólares en metálico y destruyó las tarjetas de crédito porque no tenía forma de saber qué clase de problema podía representar la hija de Dick McMahon.

Media generación después, desde el escritorio al que estoy sentada en un apartamento del Upper East Side de Manhattan, sería fácil llegar a la conclusión de que lo que hizo aquella tarde Elena no tenía mucho sentido, sería fácil dar por sentado que, en algún momento de la hora transcurrida desde que se enteró de que su padre estaba muerto hasta que vio al salvadoreño, se vino abajo, sucumbió al pánico, se volvió salvaje, un animal atrapado intentando esconder a sus crías y mantenerse alerta en plena naturaleza, consciente en el éter, sobreviviendo en el terreno.

Lo único que os puedo contar es lo que hizo.

Lo único que os puedo decir es que en aquel momento y en aquel lugar lo que hizo tenía su lógica.

«Wynn», decía la segunda de las dos cartas que escribió aquella tarde.

«Lo que no te he podido decir por teléfono es que está pasando algo malo. No sé qué es. Así que, por favor, por favor, haz esto por mí.»

«P.D.», decía la posdata.

«Tienes que recogerla tú en persona. Quiero decir: no mandes a Rudich.»

Rudich era un tipo que había trabajado para el padre de Wynn y ahora trabajaba para Wynn. Rudich era quien hacía las cosas para Wynn. Rudich tenía nombre de pila pero nadie lo usaba y ella lo había olvidado. Rudich era la persona a quien Wynn llamaba si necesitaba que alguien volara a Wyoming para desbloquear un rancho en depósito. Rudich era la persona a quien Wynn mandaba si necesitaba que alguien entregara un contrato en mano a la mañana siguiente en Tokio. Seguramente era Rudich quien llamaba ahora al servicio de catering para los almuerzos de después del tenis.

Rudich podía hacerlo todo, pero Rudich no podía hacer aquella única cosa que Elena necesitaba que Wynn hiciera.

«Por favor, por favor, haz esto.»

«Te quiero. Todavía. E.»

9

La última vez que estuve en Los Ángeles me propuse ir a ver a Wynn Janklow.

—¿Por qué no vienes a casa el domingo? —me dijo por teléfono—. He invitado a gente, podemos charlar, tráete una raqueta.

Le puse una excusa para ir a verlo a su despacho en Century City.

Siguiendo su indicación, admiré las fotos sacadas unos meses antes en la boda de Catherine.

—Un fiestón —me dijo—. En la playa al atardecer y debajo de la *jupá*. Me traje a Bobby Short en avión para que tocara durante la cena y luego dos bandas más y fuegos artificiales. Todavía encuentro copas de champán entre los arbustos, pero qué diablos, son unos chicos estupendos, los dos.

Admiré, nuevamente por indicación suya, las vistas de Santa Catalina desde los ventanales de su despacho, la claridad de la atmósfera a pesar de lo que él denominó «toda esa mierda ecolo-hippy de que el cielo se cae, que te juro por Dios que les oigo soltar incluso a mis amigos».

Esperé a que la secretaria trajera la bandeja de plata de rigor con las servilletas de tela dobladas de rigor, las dos botellas de Evian de rigor y los vasos Baccarat de rigor.

Solo cuando la secretaria hubo salido del despacho y cerrado la puerta le pedí a Wynn Janklow que intentara recordar lo que había pensado al recibir primero la llamada y al día siguiente la carta de Elena.

Él frunció el ceño teatralmente.

—Eso debió de ser, déjame pensar... ¿cuándo?

1984, le dije. Julio de 1984.

Wynn Janklow hizo girar la silla y miró por el ventanal con los ojos entornados, como si 1984 se pudiera materializar allá junto a Santa Catalina.

No fue mucho problema, me dijo. Por lo que recordaba, aquel fin de semana tenía que estar en Nueva York de todas maneras, así que lo que hizo fue cambiar su vuelo al Logan, coger un coche que lo llevara a Newport, y para medianoche Catherine y él ya estaban en Nueva York.

Había una ola de calor tremenda, rememoró.

Ya sabes, una de esas.

Una de esas olas de calor en las que sales del coche a la calle y te hundes en el asfalto y si no te mueves deprisa te conviertes en metano.

Se acordaba de que aquella noche le había pedido a Catherine que llamara a Elena y la informara de que estaba zampando langosta de Maine en la suite Hollywood del Regency.

Ya entonces era una chica estupenda. Lo ha sido siempre.

Es verdad, has dado en el clavo, ahora que lo mencionas hubo algún problema para llamar a Elena, el hotel no la había registrado bien, había que preguntar por otro nombre, ella le había dado aquel nombre cuando lo llamó y él se lo había dado a Catherine.

Elise Meyer, dije.

Elise Meyer, repitió él. No hubo problema, se alegró de poder hacer lo que Elena le pedía.

Él estaba aquí y Elena estaba allá, pero no hubo problema, se seguían llevando bien, a fin de cuentas tenían a aquella chica estupenda y además eran adultos; a diferencia de otra gente que se separaba o se divorciaba o lo que fuera, Elena y él siempre habían mantenido una relación muy civilizada.

Cierto, vuelves a dar en el clavo, quizá parecía un poco tensa cuando me llamó.

Era 4 de julio y él acababa de aterrizar procedente de Taipéi, con ganas de jugar un poco al tenis para quitarse el jet lag antes de ir a Nueva York.

Y entonces llamó Elena.

Ya, no me digas más, recordaba haberle dicho Wynn. O sea que te ha pasado algo en la embajada, algún secretario no te ha querido ayudar... Déjame hacer unas llamadas para poner a ese tipejo en la puta calle.

No lo entiendes, recordaba que le había dicho Elena.

Para entenderlo hay que estar aquí, recordaba que le había dicho Elena.

Wynn Janklow volvió a mirar por el ventanal.

—Fin de la triste historia —dijo.

Hubo un silencio.

—¿Cuál es la triste historia? —le dije por fin—. ¿Crees que quizá Elena tenía razón? ¿Esa es la triste historia? —Intenté utilizar un tono neutro, como una psicóloga guiando a su paciente de vuelta a la conversación. Quería ver cómo hacía frente a aquella hora durante la cual Elena se había vuelto salvaje—. ¿Crees que quizá había que estar allí para entenderlo?

Wynn no contestó de inmediato.

—Tal vez te hayas fijado en ese chisme que tengo ahí en la pared —me dijo.

Se levantó y caminó hasta una proyección electrónica de un mapa Mercator sobre la pared, uno de esos dispositivos que te permiten saber qué hora es en cualquier parte del mundo observando cómo una parte del mapa se va oscureciendo mientras la otra parte emerge a la luz.

—Puedes ver salir y ponerse el sol en cualquier sitio que quieras —dijo—. Aquí mismo. Te plantas aquí y lo miras. —Clavó el índice en el mapa—. Pero no te dice nada de lo que está pasando ahí.

Se sentó detrás de su mesa.

Cogió un pisapapeles, luego llamó por un interfono.

—No es más que un juguete —dijo después—. Francamente, solo lo uso para hacer llamadas, miro ahí y veo a simple vista quién puede estar despierto. Y eso quiere decir que lo puedo llamar.

Volvió a pulsar el interfono.

—Y, a decir verdad, tengo que admitir que a veces están despiertos y a veces no. —Levantó la vista con alivio cuando la secretaria abrió la puerta—. Si puedes encontrarle unos sellos para el parquímetro, Raina, yo acompañaré abajo a nuestra invitada.

10

Por supuesto, es posible que Elena tuviera razón. Por supuesto, había que estar allí para entenderlo. Por supuesto, si no habías estado allí te habría parecido claramente una exageración llamar «incidente» a lo que sucedió en el picnic del Cuatro de Julio de la embajada. Por supuesto, si no habías estado allí, lo sucedido en el picnic del Cuatro de Julio de la embajada quizá no te habría sugerido un «incidente», sino simplemente que era hora de hacer algunas llamadas y poner a unos cuantos tipejos en la puta calle.

«El incidente» fue como lo llamó Alex Brokaw cuando le sugirió a su segundo jefe de misión que quizá conviniera investigar los antecedentes de Elise Meyer. «Voy a tener que excusarme para investigar un pequeño incidente», fue lo que dijo el segundo jefe de misión para interrumpir una conversación con el director de proyectos de Brown & Root, que acababa de llegar para supervisar el refuerzo del perímetro en torno a la residencia. «Solo quiero asegurarme de que no se me pasa nada por alto en relación con un incidente bastante preocupante que hemos tenido», fue lo que dijo el segundo jefe de misión cuando presentó la solicitud de información de antecedentes de Elise Meyer.

He aquí el incidente bastante preocupante en su totalidad:

—Soy ciudadana estadounidense y necesito hablar con un funcionario consular —dijo Elena McMahon cuando entró en la zona de la carpa reservada para el picnic de la embajada.

El tradicional picnic del Cuatro de Julio que se celebra en todas las embajadas estadounidenses, abierto a todos los ciudadanos estadounidenses que estén por la zona.

Un picnic de la embajada del Cuatro de Julio que allí debía de parecer, teniendo en cuenta que en aquel país cualquier ciudadano estadounidense que se encontrara en la zona también estaba a sueldo oficial o clandestinamente de alguna sección de la embajada, una tradición complicada en el mejor de los casos.

Elena McMahon dijo que necesitaba reemplazar un pasaporte perdido.

No quería interrumpir el picnic, dijo, pero había ido al consulado y el guardia de la verja le había dicho que el consulado estaba cerrado porque era festivo, y ella necesitaba el pasaporte inmediatamente.

Necesitaba reemplazar su pasaporte inmediatamente porque necesitaba regresar a Estados Unidos inmediatamente.

La mujer parecía, según el funcionario consular al que por fin localizaron para que tratara con ella, «un poco confusa», e «incapaz o reacia» a aceptar su «ofrecimiento de intentar aclarar la confusión».

La confusión era, evidentemente, que aquella mujer ya tenía su pasaporte.

Su presencia en el interior de la zona de la carpa era la prueba de que ya tenía pasaporte.

La confusión, en el caso de aquella mujer, había empezado ya en la verja.

Al marine que estaba de guardia en la verja le había dicho también que había perdido su pasaporte, y cuando él le pidió que regresara a la mañana siguiente, cuando volviera a estar abierta la oficina consular, la mujer insistió en que al día siguiente ya sería demasiado tarde, necesitaba ver a un funcionario consular ya.

El marine le explicó que iba a ser imposible porque todos los funcionarios consulares estaban en el picnic del Cuatro de Julio.

Y, por desgracia, ella no podía asistir al picnic del Cuatro de Julio porque todos los invitados tenían que presentar un pasaporte estadounidense.

Y llegado aquel punto la mujer sacó su pasaporte.

Y se lo dejó, igual que dejaban su pasaporte todos los invitados a los que la embajada no conocía, al guardia que estaba en la entrada de la zona de la carpa.

Aquella mujer dejó su pasaporte y firmó en el libro de invitados de la embajada.

Allí estaba, él se la podía enseñar, la firma de la mujer: «Elise Meyer».

Allí estaba, el guardia se lo podía devolver y se lo devolvería, su pasaporte: «Elise Meyer».

Aquella era la confusión.

Según el funcionario consular, la mujer había cogido el pasaporte y lo había sostenido como si estuviera a punto de enseñárselo o de dárselo. Hubo un momento de silencio antes de que ella hablara.

—Este solo lo enseño para poder entrar, porque necesito explicarles una cosa —dijo, y luego se quedó callada.

Estaba mirando al otro lado de la carpa.

La orquesta de tambores metálicos había dejado de tocar.

La mujer, según informaría el funcionario consular, pareció «muy interesada en algunos de nuestros amigos salvadoreños».

—Muy buena idea, por cierto, la orquesta de tambores —añadió el funcionario consular—, pero el año que viene quizá convenga decirles que «Rule Britannia» no es nuestra.

Fue en el momento en que la orquesta de tambores metálicos empezó a tocar «Rule Britannia» cuando la mujer guardó el pasaporte en su bolso, lo cerró, y se alejó caminando de la carpa y cruzó el césped y salió por la verja.

—Estaba a punto usted de explicar algo —le dijo el funcionario consular cuando ella empezaba a alejarse.

—Olvídelo —dijo la mujer sin girarse.

Aquella era la razón para investigar sus antecedentes.

Los antecedentes que se pidieron para tener alguna pista de quién era aquella mujer y qué estaba haciendo allí.

Los antecedentes que sacaron a la luz el problema técnico.

Los antecedentes que no mostraron ningún resultado.

Ninguna historia.

El pasaporte a nombre de Elise Meyer decía que se había emitido el 30 de junio de 1984 en la Agencia Estadounidense de Pasaportes de Miami, pero la Agencia Estadounidense de Pasaportes de Miami afirmaba no tener constancia de haber emitido ningún pasaporte a nombre de Elise Meyer.

Aquel era el problema técnico.

11

El joven agente del FBI que había venido en avión desde la oficina de Miami comenzó la entrevista inicial mencionando aquel problema técnico.

Elena McMahon pareció perpleja.

La discrepancia, la anomalía, como lo quisiera llamar.

Estaba seguro de que ella podría aclararla de inmediato.

Estaba seguro de que ella tendría una explicación simple para aquel problema técnico.

La anomalía.

La discrepancia.

Ella no ofreció explicación alguna.

Se limitó a encogerse de hombros.

—A mi edad las discrepancias ya no me sorprenden demasiado —dijo—. ¿Cuántos años debe de tener usted? ¿Veintiséis, veintisiete?

Tenía veinticinco.

El agente decidió probar otra táctica.

—Demos por sentado de momento que alguien le ofreció una documentación en apariencia no auténtica... —empezó a decir.

—Eso lo da por sentado usted —dijo ella—. Naturalmente. Porque no tiene mucha experiencia sobre el funcionamiento de las cosas. Todavía piensa que las cosas funcionan como tienen que funcionar. Yo, en cambio, pienso más en términos de cómo suelen funcionar las cosas.

—¿Disculpe?

—Supongo que debe de trabajar en una oficina donde nadie se equivoca nunca —dijo—. Supongo que donde usted trabaja nadie se equivoca de tecla porque tiene mucha prisa para tomarse su rato de descanso.

—No entiendo adónde quiere ir a parar.

—¿No le parece posible que algún funcionario pelagatos de bajo nivel de la oficina de pasaportes borrara mi expediente por accidente?

De hecho, aquella era una posibilidad real, pero el agente decidió pasarla por alto.

—A veces se suministra documentación en apariencia no auténtica a fin de poner a su titular en una situación en que se lo pueda chantajear para hacer algo que de otra manera no haría.

—¿Eso se lo enseñaron en Quantico?

El agente pasó aquello por alto.

—En otras palabras —repitió—, alguien podría haberla puesto a usted en esa situación. —Hizo una pausa para dar énfasis—. Alguien podría estar utilizándola.

—¿Para qué? —dijo ella.

—Si hubiera un complot... —dijo el agente.

—Eso se lo ha inventado usted. Todo eso del complot. Es su película. Y de nadie más.

El agente hizo una pausa. Ella se había prestado a la entrevista. No se había negado a cooperar. Y como no se había negado a cooperar, él pasó aquello por alto. Pero lo que había dicho Elena no era del todo cierto. El complot para asesinar a Alex Brokaw no se lo había inventado el agente ni mucho menos. En la embajada y también en Miami había varias teorías acerca de quién se lo había inventado, y la más popular de todas era que el mismo Alex Brokaw había urdido el informe con vistas a hacer descarrilar cierto método de doble vía que por entonces tenía predicamento en el Departamento de Estado, pero la existencia de una conspiración, tras ser mencionada por lo que el tráfico de telegramas llamaba «una fuente previamente fiable», tenía que aceptarse al pie de la letra.

Había que emprender pasos documentables. El registro del Departamento de Estado tenía que mostrar debidamente la formación de un equipo de gestión de crisis en la sección del Caribe. La documentación tenía que mostrar debidamente que se habían requisado los mapas de pared, junto con las tachuelas de colores que representaban a los protagonistas conocidos. El perímetro de concertina que rodeaba las estructuras administrativas externas de la embajada se tenía que reforzar como era debido. De forma oficial. A todo el personal dependiente de la MISIÓN ESTADOUNIDENSE/EMBAJADA y a todo el personal no esencial había que animarlos debidamente a que se tomaran un permiso para volver a Estados Unidos. Por triplicado. Y había que entrevistar a todos los ciudadanos estadounidenses con acceso al personal de la MISIÓN ESTADOUNIDENSE/EMBAJADA y con antecedentes sin investigar.

Debidamente.

Incluyendo a aquella mujer.

Aquella mujer había tenido acceso al personal de la MISIÓN ESTADOUNIDENSE/EMBAJADA por el hecho de estar en la isla.

Aquella mujer había sacado a la luz un problema técnico.

Había algo en la forma que tenía aquella mujer de usar la expresión «su película» que no le gustaba nada al agente, pero también lo pasó por alto.

—Si hubiera un complot —repitió él—, alguien podría estar utilizándola.

—Eso lo está diciendo usted.

En el silencio que siguió, el joven hizo clic con su bolígrafo sobre la mesa. Había otras cosas de aquella mujer que no le gustaban nada, pero era importante mantener al margen lo que no le gustaba de ella. Era posible que estuvieran experimentando un simple problema sintáctico, un malentendido que se podría despejar por medio de la mera reformulación.

—¿Por qué no me lo explica con sus palabras, pues? —dijo por fin.

Ella se sacó un cigarrillo suelto del bolsillo y luego, viendo que el agente interpretaba erróneamente aquello como un signo esperanzador, volvió a guardarse el cigarrillo en el bolsillo, sin hacer caso de la cerilla que él ya estaba intentando encender.

–Podría haber algún juego por ahí en alguna parte –dijo ella entonces–. Y yo podría estar dentro de él.

–Del complot.

–Del juego.

El agente no dijo nada.

–De como lo quiera llamar –dijo ella–. Es su película.

–Abordemos esto desde otro ángulo –dijo el joven al cabo de un momento de silencio–. Vino usted de San José. Costa Rica. Pero no hay constancia alguna de que entrara usted en Costa Rica. Así que empecemos por ahí.

–Quiere saber cómo entré en Costa Rica. –Su tono de voz volvía a sugerir cooperación.

–Exacto.

–Para entrar en Costa Rica ni siquiera hace falta pasaporte. Si eres ciudadano estadounidense puedes entrar en Costa Rica con una tarjeta de turista de esas que dan las agencias de viajes.

–Pero no fue su caso.

Hubo otro silencio.

–Voy a decir algo –dijo ella entonces–. Y lo va a entender usted o no. No llevo mucho tiempo aquí, pero sí el suficiente como para fijarme en que por aquí hay muchos estadounidenses. Los veo por la calle, los veo en el hotel, los veo por todas partes. No sé si tienen pasaporte. No sé de quién son los pasaportes que tienen. No sé de quién es el pasaporte que tengo yo. Lo único que sé es que no están de vacaciones.

Volvió a sacarse el cigarrillo suelto del bolsillo y se lo volvió a guardar.

–Así pues, le sugeriría que piense un poco en lo que están haciendo esos estadounidenses aquí –dijo entonces–. Y estoy segura de que ya se puede imaginar cómo entré en Costa Rica.

«El sujeto "Elise Meyer" reconoce haber entrado en el país en posesión de documentación en apariencia no auténtica, pero se niega a ofrecer ninguna información acerca del origen de dicha documentación, ni de sus razones para entrar en dicho país –decía el informe preliminar del agente–. Recomendación: vigilancia continuada e investigación hasta el momento en que se pueda verificar la identidad del sujeto, así como las razones del sujeto para entrar en dicho país.»

Aquella entrevista inicial tuvo lugar el 10 de julio de 1984.

El 11 de julio de 1984 tuvo lugar una segunda entrevista, durante la cual el sujeto y el interrogador reiteraron sus posturas respectivas.

El 12 de julio Elena McMahon se mudó del Intercon al Surfrider.

Fue el 14 de agosto cuando Treat Morrison llegó de Washington en el vuelo de American que aterrizaba a las diez de la mañana, y al pasar por el Intercon para dejar su equipaje la vio sentada sola en la cafetería del hotel.

Sentada sola a la mesa redonda para ocho personas.

Con el vestido blanco.

Comiéndose el parfait de chocolate y el beicon.

Cuando llegó a la embajada más tarde ese día se enteró por el segundo jefe de misión de Alex Brokaw de que la mujer a la que había visto en la cafetería del Intercon había llegado a la isla el 2 de julio con un pasaporte estadounidense aparentemente falsificado emitido a nombre de Elise Meyer. A petición suya, el segundo jefe de misión había dispuesto que lo informaran del estado de la investigación en curso del FBI destinada a averiguar quién era Elise Meyer y qué estaba haciendo allí. Más adelante se le ocurriría que por entonces debía de haber gente en la embajada que ya sabía quién era Elise Meyer y qué estaba haciendo allí, pero en aquel momento no se le ocurrió.

TRES

1

Yo debería entender a Treat Morrison.

Lo estudié, trabajé su caso.

Lo investigué, lo entrevisté, lo escuché, lo observé.

Llegué a reconocer su forma de hablar, llegué a aprender a interpretar el fraseo contenido, la rápida extinción o *diminuendo* que volvía casi inaudibles ciertas palabras cruciales, el repentino ascenso y exceso de énfasis en la parte insignificante de la frase («... y por cierto»), la ráfaga o estallido de sílabas apelotonadas entre sí («... y un cuerno, joder...»), la elevación de la pregunta completamente retórica («¿... y... debería arrepentirme?»), la representación reflexiva de la respuesta completamente retórica (cabeza ladeada hacia arriba, mirada a la media distancia y después: «Pues... no... no creo»), la reiteración enérgica pero no convincente: «... y no me arrepiento».

No me arrepiento.

Treat Morrison no se arrepentía.

Ya en mis primeros encuentros con Treat Morrison me pareció un hombre fundamentalmente deshonesto. No deshonesto en el sentido de que «mintiera» o tergiversara de forma deliberada los acontecimientos a medida que los explicaba (no era el caso, nunca lo era: contaba siempre lo que él consideraba que era la verdad de forma absolutamente escrupulosa), sino deshonesto en un sentido más radical, deshonesto en el sentido de ser eternamente incapaz de ver las cosas claras. Al principio esto me pareció una simple idiosincrasia o un defecto de carácter, en cualquier caso algo singular, peculiar del individuo, una excentricidad personal. Solo después empecé a darme cuenta de que lo que yo veía como un rasgo de personalidad se encontraba profundamente arraigado en quién era y de dónde venía.

Dejadme que os enseñe un párrafo de mis notas.

No las notas de mis entrevistas, tomadas a vuelapluma, sino las notas del primer borrador de mi texto, una versión provisional a la que le faltan palabras y oraciones y en la que pone CO en vez de «comprobar» y YS en vez de «ya saldrá», que significaba que yo todavía no tenía algo pero planeaba conseguirlo, unas notas elaboradas con la intención de poner algo sobre el papel que pudiera abrir la puerta a un comienzo:

> Treat Austin Morrison nació en San Francisco en una época, 1930, en que San Francisco todavía era un lugar remoto, aislado, físicamente separado del resto de Estados Unidos por las cadenas montañosas que se cerraban al llegar las nevadas fuertes, y emocionalmente separado por la implacable presencia del Pacífico, por el YS??? y por el YS??? y por la niebla que venía desde los Farallones todas las tardes a las cuatro o las cinco. Su padre tenía un cargo menor en el Ayuntamiento, comisionado de jurados en el tribunal municipal

Y llegado ese punto, este borrador se detiene en seco. Garabateada a lápiz después de las palabras mecanografiadas «tribunal municipal» hay una coma, seguida de otra frase también a lápiz:

> un trabajo que les debía a los parientes bien situados que tenía su esposa en los distritos (CO «distritos»??) irlandeses al sur de Market Street.

Más comienzos en falso:

Hijo de maestra de una escuela parroquial y de un funcionario de poca monta del Ayuntamiento de San Francisco, Treat Austin Morrison se matriculó en la Universidad de California de Berkeley cuando esta todavía ofrecía educación universitaria gratuita a cualquier graduado de secundaria de California que pudiera juntar los 27,50 dólares (CO??) de la matrícula más lo que necesitara para vivir. El hombre que terminaría convirtiéndose en figura crucial de nuestro país en los lugares más conflictivos del mundo, embajador independiente con cartera ultrasecreta, se sacó una parte de los costes de su educación aparcando coches en el elitista hotel Claremont de Oakland, y el resto

Treat Austin Morrison quizá fuera el héroe de los sábados en el campo de fútbol americano (XXX MEJORAR LA FRASE YS), quarterback de la Universidad de California y de la selección de jugadores del año de la Pacific-8 (CO??), pero los sábados por la noche se le podía encontrar en la trastienda de la cocina de la exclusiva residencia de la Phi Gamma Delta, donde se pagaba la habitación y la manutención trabajando de pinche, fregando platos y haciendo de camarero para los adinerados juerguistas que se hacían llamar sus hermanos de fraternidad y a quienes pedía prestados los libros de texto que no se podía permitir comprar. La disciplina desarrollada en aquellos años le resulta de gran utilidad cuando

T. A. M. se crio como hijo único

T. A. M., único hijo varón y durante la mayoría de sus años de formación único hijo vivo de un

T. A. M., único hijo varón y tras el suicidio de su hermana mayor único hijo vivo

Hay páginas enteras de estas notas preliminares, un fajo entero, la mayoría atípicamente (en mi caso) centradas en las privaciones de infancia del sujeto y en sus agallas de juventud (atípicamente en mi caso porque personalmente no he tenido la experiencia de que el niño dé origen al hombre), todas abortadas. Ahora veo que todos aquellos inicios fallidos tenían un hilo en común claro, que estaba intentando lidiar con un rasgo de Treat Morrison que se me escapaba: se trataba de un hombre que en la época en que lo entrevisté estaba viviendo y trabajando en el corazón del sistema político estadounidense. Se trataba de un hombre que podía coger el teléfono e influir sobre el Dow Jones, ponerse en contacto con cualquiera de los ministros de Exteriores de una docena de países de la OTAN, o con el propio Despacho Oval. Se trataba de un hombre al que por lo general se percibía como influyente, poderoso, como alguien que parecía estar en su elemento en las negociaciones, los acuerdos, los cálculos, calibres y ajustes, en todas las cosas que definen a un operador social de éxito. Y, sin embargo, era alguien que proyectaba por encima de todo una soledad extrema e incluso impermeable, un aislamiento tan impenetrable que parecía exigir un análisis, un examen, una razón de ser.

Por su parte, Treat Morrison no parecía tener interés alguno en examinar lo que ahora veo consternada que decidí llamar «sus años de formación».

No fue él quien me contó sus privaciones de infancia ni sus agallas de juventud, ni tampoco quien me sugirió para nada que los tradicionales protagonistas de su historia familiar (o, para usar el vocabulario en el que yo parecía estar cayendo, su dinámica formativa) hubieran sido en su caso otra cosa que simples allegados.

—Por lo que yo sé, se la tenía por una maestra excelente —me dijo de su madre—. Estaba muy bien considerada, las monjas que llevaban la escuela la apreciaban mucho. —Hizo una pausa, como sopesando la legitimidad de su frase—. Por supuesto, era católica —añadió.

Como aquel añadido era la información más específica y menos remota que se había sentido inclinado a transmitir hasta entonces, decidí tomar aquel camino.

—O sea que fue educado en la fe católica —empecé a decir, de forma tentativa, esperando si no una revelación, al menos una confirmación o corrección.

Y no obtuve nada de nada.

Lo que obtuve fue a Treat Morrison esperando, guardando las distancias, con los dedos entrelazados.

—¿O no? —dije.

No dijo nada.

—¿Fue educado en la fe católica? —dije.

Alineó un pisapapeles de cristal cuadrado con el borde del vade de su mesa.

—No quiero decir que esté en completo desacuerdo con muchos de los preceptos pertinentes —dijo entonces—, pero por lo que respecta al asunto de la religión, simplemente no era un terreno que me interesara.

»Estaba muy bien visto en los juzgados —me dijo de su padre—. Por lo que yo sé.

»Fue algo que pasó y ya está —me dijo sobre la muerte de su hermana a los diecinueve años—. Yo debía de tener doce o trece años cuando pasó, nos llevábamos siete años, siete años que a esas edades pueden ser una vida entera; a todos los efectos, Mary Katherine era una persona a la que apenas conocía.

»Por lo que se sabe, fue un accidente —me dijo cuando insistí en la cuestión—. Estaba mirando las focas, se le vino encima una ola y se la llevó. Mary Katherine nunca tuvo ninguna coordinación, siempre estaba en urgencias. Cuando no se rompía el tobillo, se le caía la bicicleta encima de la pierna o se golpeaba con una pelota de spiribol o lo que fuera.

»Supongo que no vi ninguna razón útil para obsesionarme con aquello —me dijo cuando le sugerí que muy poca gente arrastrada por una ola mientras está mirando las focas resulta que antes ha enviado por correo notas de despedida (aunque no a sus padres ni a su hermano) a tres antiguos profesores del Lowell High School y a un exnovio que se había marchado recientemente a la academia de oficiales de Fort Lewis. «MUERE ADOLESCENTE DE MISSION EN EL FRENTE DOMÉSTICO», dijo el *Chronicle* de San Francisco la mañana después de que empezaran a salir a la luz las cartas. Yo lo había encontrado en microfilme. «GRADUADA EN LOWELL ESCRIBIÓ CARTA DE AMOR ANTES DE MORIR»—. Lo típico de la puñetera prensa —me dijo Treat Morrison de aquello—. La puñetera prensa ya estaba metiendo las narices en algo de lo que no tenían ni idea.

—¿A qué se refiere? —Recuerdo que lo intenté preguntar en tono despreocupado—. ¿Qué era exactamente eso de lo que la prensa no tenía ni idea?

Treat Morrison guardó un momento de silencio.

—Hay mucha gente a quien le da un rollo místico tremendo ponerse a hurgar en cosas que le pasó hace cuarenta o cuarenta y cinco años —dijo por fin—. Historias tristes como que su madre no los entendía o que en la escuela se burlaban de ellos o lo que sea. No estoy diciendo que tenga nada de malo, no digo que sea una actitud autocomplaciente ni autocompasiva ni nada por el estilo. Solo digo que yo no me lo puedo permitir. Y por eso no lo hago.

En mis notas y en mis entrevistas grabadas solo encuentro dos casos en los que Treat Morrison diera por iniciativa propia alguna información de sí mismo que se pudiera interpretar como personal. El primero de esos ejemplos está sepultado en las profundidades de una discusión grabada acerca de lo que comportaría para Israel una solución de dos Estados. Al llegar a las tres cuartas partes de una cinta de sesenta minutos, en el minuto 44:19 para ser exactos, Treat Morrison guarda silencio. Cuando empieza a hablar otra vez, ya no habla de si dos Estados son mejores para Israel que uno solo, sino que cuenta que una vez le enmarcó unas fotos a su madre. Al parecer su madre se había roto la cadera y se había visto obligada a mudarse de su casa en el distrito de Mission a una residencia para convalecientes que tenía la Mercy Community en Woodside. Al parecer él había pasado a verla de camino a una reunión que tenía en Saigón. Y al parecer su madre no había parado de mencionarle aquellas fotos, donde aparecían él y su hermana en un sitio al que solían ir a orillas del río Russian.

—Las tenía sujetas en el marco de un espejo y ahora quería tenerlas en su nuevo alojamiento, así que se me ocurrió enmarcárselas, ya sabe, ponerlas en uno de esos marcos en los que caben cuatro o cinco fotos pequeñas. Así que bien. Pero cuando fui a recogerlas, el empleado había escrito en el paquete «Niños jugando junto a arroyo».

47:17. Pausa en la cinta.

—Así que aquello me enseñó una lección —dijo entonces. Y supe de inmediato cuál había sido la lección.

Llevaba trabajando en aquel caso el tiempo suficiente como para llevar a cabo los saltos inductivos que requería el estilo entrecortado y más bien críptico de Treat Morrison.

La lección era que nadie más podía ver nuestra vida exactamente igual a como la veíamos nosotros mismos: otra persona había mirado las fotos y había visto a dos niños pero no había oído la música, ni siquiera se había dado cuenta o no le había importado que le había faltado la partitura emocional. De la misma forma, alguien podría haber mirado la foto que Elena McMahon había rescatado del dormitorio de su madre y haber visto al padre de ella con la cerveza en la mano y a su madre con el delantal con estampado de horcas («Hombre y mujer en barbacoa»), pero no habría visto los cohetitos gruesos y chispeantes ni las bengalas que creaban luciérnagas en el crepúsculo caluroso del desierto. No habría oído «Medio margarita y ya estoy volando», no habría oído «Para qué queremos a los italianos, si tenemos aquí un espectáculo para nosotros solos».

Yo sabía todo eso.

Aun así, las convenciones de las entrevistas requerían que yo formulara la pregunta obvia, a fin de incidir en la cuestión y animar al entrevistado para que siguiera hablando.

50:05.

—¿Cuál fue la lección? —me oigo preguntar en la cinta.

—En primer lugar —dice Treat Morrison en la cinta—, no era un «arroyo». En California no tenemos «arroyos», «arroyos» es lo que tienen en Inglaterra o en Vermont. Aquello era el puñetero río Russian.

Otra pausa.

—En segundo lugar, no estábamos «jugando». Ella tenía once años, por el amor de Dios, yo tenía cuatro, ¿a qué íbamos a «jugar»? Nos estaban haciendo una foto, esa era la única razón de que estuviéramos juntos.

Y luego, sin pausa alguna, añadió:

—Y eso te da una idea de lo distinto que deben de ver un israelí y un palestino el mismo incidente o el mismo pedazo de tierra.

Esa fue una de las dos incursiones de Treat Morrison en lo personal.

La segunda de esas incursiones también está grabada, y también tiene que ver con su madre. Al parecer él había organizado las cosas para que alguien llevara a su madre en coche a Berkeley a fin de verlo recibir una condecoración de algún tipo. Ya no se acordaba de cuál había sido la condecoración. Daba igual cuál hubiera sido. La cuestión era que, como no iban a tener ningún otro momento para estar los dos solos, él había hecho una reserva para llevar a su madre a cenar al hotel Claremont.

—Un caserón enorme con pinta de pan de jengibre, al pie mismo de las colinas —dice él en la grabación—. Lo gracioso es que, no sé si lo sabrá, pero yo aparcaba coches allí cuando iba a la universidad.

—Creo que sí que lo sabía —dice mi voz en la cinta.

—Pues eso. —Una pausa, luego un torrente de palabras—. Yo recordaba el Claremont como un sitio muy, muy… como la definición misma del glamour. Quiero decir que en aquella época, y para los criterios de aquel lado de la bahía, el Claremont era en gran medida el *non plus ultra* de la sofisticación por todo lo alto. Así que llevé allí a mi madre. Y seguía teniendo la misma pinta, el mismo vestíbulo enorme, los mismos pasillos grandes y amplios, con la diferencia de que ahora me daba la impresión de ser un crucero encallado quizá en 1943. Llevaba veinticinco años sin entrar allí. O sea, joder, me gradué de la universidad en 1951 y juro por Dios que seguían teniendo al mismo pianista en el vestíbulo. Tocando las mismas puñeteras canciones. «Where or When.» «Tenderly.» «It Might As Well Be Spring.» Y resulta que la noche que estuve allí con mi madre también era primavera, la primavera de 1975 para ser exactos, abril, cuando la evacuación del puñetero Saigón, y mientras mi madre y yo estábamos cenando allí delante del hotel había un desfile de antorchas, una marcha, una conga, lo que fuera, un montón de chavales llevando antorchas y cantando: «Ho Ho / Ho Chi Minh». Y otras cosas personales sobre mí, la verdad es que ni siquiera me acuerdo de qué cantaban, tampoco viene al caso. Y dentro el pianista seguía aporreando las notas de «It Might as Well Be Spring». Y yo allí sentado confiando en que mi madre no entendiera que aquellos chavales estaban allí fuera porque yo estaba allí dentro. «Mañana hará treinta y tres años que murió Mary Katherine», dijo mi madre. Como quien no quiere la cosa, ya sabe, sin levantar la vista del menú. «Creo que me voy a pedir el entrecot», dijo luego. «¿Tú qué vas a pedir?» Y yo me tomé otro puñetero bourbon doble, tráeme dos para ahorrar tiempo.

«Ho Ho / Ho Chi Minh
la guerra señor Morrison / será tu fin.»

Era lo que estaban cantando aquella noche delante del Claremont.

Y hay otra cosa que encontré en microfilme.

La primera vez que Treat Morrison estuvo a solas con Elena le mencionó la muerte de Mary Katherine.

—¿Por qué lo hizo? —le preguntó Elena.

—No tengo respuesta para esa clase de tragedia —dijo él.

—¿Para qué clase de tragedia tiene usted respuesta? —dijo Elena.

Treat Morrison la examinó un momento.

—La entiendo —dijo entonces.

—Yo también lo entiendo a usted.

Y, por supuesto, los dos estaban diciendo la verdad.

Por supuesto, los dos se entendían.

Por supuesto que se conocían, se comprendían, se reconocían, solo necesitaban echarse un vistazo para captarse, para necesitar estar juntos, para ver descolorirse todo lo que veían cuando no se estaban mirando el uno al otro.

Eran la misma persona.

Eran igual de inaccesibles.

2

«SUEÑO», dice el epígrafe de la anotación en el cuaderno, en mayúsculas.

El cuaderno, un Clairefontaine de espiral, cubierta roja y papel gris claro con cuadrícula de tres octavos de pulgada, era el que había usado Elena Janklow durante los meses de 1981 y 1982 inmediatamente anteriores al momento de marcharse de la casa de Pacific Coast Highway y convertirse de nuevo (al menos de forma temporal o provisional) en Elena McMahon.

«Parece que me han operado de algo —empieza la crónica del sueño de Elena Janklow. El cuaderno está todo escrito a mano con el mismo rotulador negro de punta fina, salvo las últimas entradas—. Una operación no especificada pero fallida. Me "vuelven a coser", pero toscamente, como después de una autopsia. Se acuerda (y yo estoy de acuerdo) que no vale la pena hacerlo con cuidado, porque me voy a morir al cabo de unos días. El día que me han asignado para morirme cae en domingo, y es el día de Navidad. Wynn, Catherine y yo estamos en el apartamento de Nueva York del padre de Wynn, que es donde tendrá lugar la muerte, usando gas. Me preocupa cómo van a limpiar el gas del apartamento después, pero a nadie más parece preocuparle la cuestión.

»Se me ocurre que tengo que ir de compras para la cena del sábado por la noche, y preparar algo especial, porque será mi último día de vida. Arropada con un albornoz, salgo a la calle Cincuenta y siete y luego voy por la Sexta Avenida, que está abarrotada y helada. Tengo los pies muy mal cosidos y me temo que los puntos (más bien un simple hilvanado) se van a soltar; además, me han dejado la cara torcida (también como en las autopsias, me la han desprendido y me la han vuelto a poner), y se va volviendo cada vez más y más triste.

»Mientras hago la compra se me ocurre que quizá podría vivir: ¿por qué tengo que morir? Se lo menciono a Wynn. Él me dice que llame al médico, que llame a Arnie Stine a California y se lo comente. Pregúntale a Arnie si hace falta que mueras mañana. Llamo a Arnie Stine a California y me dice que no, si es lo que quieres, claro que no hace falta que muera mañana. Me lo puede "posponer" si quiero. Sigo comprando, ahora ya no solo para el sábado por la noche sino también para la comida del día de Navidad. Compro un capón para hacerlo al horno en Navidad. Me siento eufórica, aliviada, pero al mismo tiempo me preocupa que no me puedan coser otra vez como Dios manda. Arnie Stine dice que sí que pueden, pero me da miedo caerme a pedazos mientras hago la compra, caminando sobre mis pies medio desprendidos.

»Estoy intentando ir con cuidado cuando me despierto.»

Fue Catherine quien encontró el cuaderno de espiral, el verano en que Wynn la recogió en la escuela y la llevó primero a la suite Hollywood del Regency y después a la casa de Pacific Coast Highway. Estaba buscando menús para pedir comida a domicilio en la mesa de la despensa cuando encontró el cuaderno, en el que su madre había escrito con rotulador permanente y letras de imprenta la palabra MENÚS. Y, de hecho, en el cuaderno había menús, no de los de pedir comida a domicilio, claro, sino menús que Elena había ideado para cenas o almuerzos, una docena o más, con anotaciones relativas a las cantidades y recetas («un kilo y medio de cordero para hacerlo a la Navarin alcanza para ocho como mucho»), que brotaban al azar entre las demás anotaciones.

La peculiaridad estaba en las demás anotaciones. No eran exactamente la clase de notas que escribiría un escritor profesional o un periodista, pero tampoco eran las entradas de un «diario» convencional, las confesiones o pensamientos privados que plasmaba alguien que no se dedicaba a la escritura. Lo peculiar de aquellas anotaciones era que reflejaban elementos de ambas categorías, la personal y la periodística, sin distinción aparente entre ambas. Había fragmentos de lo que parecían ser diálogos oídos por ahí, había listas de rosas y otras plantas de jardín. Había citas de noticias de prensa, a veces con comentarios, había fragmentos de poemas que Elena recordaba. Había cosas que parecían ser pensamientos pasajeros, algunos cogidos al azar y otros menos. Y, por supuesto, había sueños.

Cuando dejo de fumar me quedo un poco atontada, supongo que porque respiro demasiado oxígeno.

Lo que se le da mejor pillar es el dinero de los demás. Todo esto lo puedo ver sin salir de casa: rosas trepadoras Cecile Brunner, rosas Henri Martin, rosas Paulii, rosas Chicago Peace, rosas Scarlet Fire, amarilis azules y blancas, viudas silvestres, limoneros Meyer, jazmines estrellados, santolinas, arbustos de las mariposas, aquileas, lavanda azul, espuelas de caballero, gauras, menta, tomillo limonero, cidronela, laurel, estragón, albahaca, matricaria, alcachofas. Todo esto lo puedo ver con los ojos cerrados. También las grandes amapolas amarillas y blancas que hay en el parterre de la pared sur.

Puede que te hayas alojado en el Savoy, pero dudo muchísimo que te hayas alojado en el Savoy y hayas perdido dieciséis mil libras en Annabel's.

He cenado en pleno domingo de Super Bowl en los restaurantes más caros de Detroit, Atlanta, San Diego y la bahía de Tampa.

Entrevista en *Los Angeles Times* con alguien que acaba de reaparecer después de vivir trece años en la clandestinidad: «Nunca me he definido como fugitivo. Me he definido siempre como ser humano. Los seres humanos siempre tienen cosas con las que lidiar. Y como estaba en la Weather Underground, ser un fugitivo era algo con lo que tenía que vivir, pero no era algo que me definiera». ¿¿¿Qué quiere decir??? Si lo que eres es un fugitivo, ¿cómo cambia la situación definirte como «ser humano»?

Lo perseguí por las noches y por los días.
Lo perseguí por los arcos de los años.

El verso más aterrador que conozco: alégrate, alégrate, alégrate, que la vida es solo un sueño.

Aun así, las dos anotaciones siguientes llevaban el encabezamiento SUEÑO.

Voy a la casa de mi madre en Laguna, llorando. También está allí Belinda, la hija de Ward. Le digo a mi madre que han secuestrado a Catherine. «Pensaba que había venido a decirte que iba a cenar por Navidad en el Chasen's», dice Belinda.

Una fiesta en una casa que parece ser esta. En ella vivimos Wynn, Catherine y yo, pero también mis padres. En mitad de la fiesta salgo a la playa en busca de un poco de calma. Cuando vuelvo, mi padre me está esperando al pie de las escaleras. Catherine está borracha o drogada, me dice. La oye vomitar en el piso de arriba, pero no quiere importunarla. Subo corriendo las escaleras y me fijo en que alguien ha pintado el piso de arriba. Es un poco inquietante: ¿cuánto tiempo ha pasado exactamente?

La última anotación del cuaderno, que no era un sueño, no era una sola nota sino seis, cada una hecha con un bolígrafo distinto y en una página distinta, aunque todas parecían ser reacciones al tratamiento diario que Catherine había descrito en su redacción autobiográfica de octavo curso como «sesiones de radiación posteriores a la exsición [*sic*] de un tumor de pecho de dianóstico [*sic*] benigno en fase 1»:

Acelerador lineal, el Mevatrón, el Bevatrón.
«Pregunte por el radioncólogo, está en el túnel.»

«Una semana antes de terminar, la pondremos en el Mevatrón para que reciba electrones. Ahora le estamos aplicando fotones.»
¿Fotones? ¿¿¿O «protones»???

Esperando la radiación después de que entre el técnico y la luz láser encuentre el sitio.
La sensación de vibración cuando llega la radiación.
El asombroso bombardeo silencioso, la reorganización de todo el campo electromagnético.

«No sientes nada —dijo Arnie Stine—. La radiación no produce ninguna sensación.»
«Entre nosotros, nadie que no haya estado en esa mesa tiene la más mínima idea de la sensación que produce la radiación», dijo el técnico.

La radiación es mi alfa y mi omega.

He terminado esta mañana.
Me siento excluida, desterrada, desposeída de la radiación.
Alcestes, de vuelta del túnel y medio enamorado de la muerte.

3

Por supuesto, no nos harían falta esas seis notas finales para saber con qué soñaba Elena.

Elena soñaba con la muerte.

Elena soñaba con hacerse vieja.

No hay nadie aquí que no haya tenido (o vaya a tener) los mismos sueños que Elena.

Eso lo sabemos todos.

La cuestión es que Elena no lo sabía.

La cuestión es que Elena era una persona inaccesible sobre todo para sí misma, una agente clandestina que había conseguido compartimentar sus operaciones con tanto éxito que había perdido acceso a sus propias subdivisiones.

La última anotación de aquel cuaderno llevaba fecha del 27 de abril de 1982.

Al cabo de menos de cuatro meses, en agosto de 1982, Elena McMahon dejó a Wynn Janklow.

Se reubicó en la Costa Este, tal como lo expresaría ella.

Y debió de ser unos tres meses después, a finales de noviembre de 1982, momento en que regresó por primera vez a California.

Había tomado el vuelo de la mañana desde Washington para entrevistar a un disidente checo que por entonces daba clases en la UCLA y que se rumoreaba que estaba entre los finalistas al Premio Nobel de Literatura. Su intención era hacer la entrevista, ir directamente al aeropuerto, devolver el coche de alquiler y tomar el siguiente vuelo de vuelta, pero al salir de la UCLA no condujo hacia el aeropuerto sino que enfiló por la Pacific Coast Highway. Igual que más adelante no tomaría la decisión consciente de abandonar la campaña de 1984, igual que no tomaría la decisión consciente de comprar un billete a Miami en vez de a Washington, ahora tampoco tomó una decisión consciente. Ni siquiera fue consciente de haber tomado la decisión hasta que se encontró estacionando el coche de alquiler en el aparcamiento de delante del supermercado donde solía hacer la compra. Entró en la farmacia, saludó al farmacéutico, compró un par de revistas de surf para Catherine y un bote de gel de aloe para ella, de una marca que no había podido encontrar en Washington. El farmacéutico le preguntó si había estado fuera, llevaba tiempo sin verla. Ella le dijo que sí, que había estado fuera. Le dijo lo mismo a la cajera del supermercado, donde compró tortillas de maíz y chiles serranos, que tampoco había podido encontrar en Washington.

Sí, había estado fuera.

Siempre era bueno volver, sí.

Con este tiempo tan seco tenían suerte de haber pasado Acción de Gracias sin ningún incendio, sí.

No estaba lista para empezar a preparar la Navidad, para nada.

Luego se sentó en el coche de alquiler, en el aparcamiento casi desierto a las cuatro de la tarde. Las cuatro de la tarde no era la hora a la que hacían sus compras las mujeres que vivían allí. Las mujeres que vivían allí hacían sus compras por la mañana, antes del tenis, después del gimnasio. Si ella todavía viviera allí no estaría sentada en un coche de alquiler en el aparcamiento a las cuatro de la tarde. Uno de los estudiantes de secundaria que trabajaban en el supermercado después del instituto estaba colgando unas luces de Navidad en el panel que anunciaba las ofertas del día. Otro estaba reuniendo los carros de la compra, encajándolos entre sí hasta formar largos trenes y empujando cada tren hacia sus rieles con un solo dedo extendido. Para cuando desapareció la última luz del día detrás de Point Dume, los carros ya estaban todos en los rieles y las luces de Navidad emitían parpadeos rojos y verdes y ella había dejado de llorar.

—Pero ¿por qué lloraste? —le preguntó Treat Morrison cuando ella se lo mencionó.

—Lloré porque aquel ya no era mi lugar —dijo ella.

—¿Y cuál ha sido alguna vez tu lugar? —dijo Treat Morrison.

Dejadme que aclare una cosa.

Cuando dije antes que Elena McMahon y Treat Morrison eran igual de inaccesibles, lo que hice fue coger un atajo, saltar directamente al desmembramiento central de la personalidad, pasar por alto las formas claramente diferenciadas en que cada uno de ellos había aprendido a lidiar con aquel desmembramiento.

Las interpretaciones en apariencia impenetrables que había hecho Elena de los diversos roles que se le habían asignado las había llevado a cabo (ahora lo veo) solo por medio de un esfuerzo considerable y a un precio considerable. Toda aquella reinvención, todas aquellas salidas por piernas y comienzos de cero, todo aquello se había cobrado su coste. Había pagado un precio por crecer viendo a su padre ir y venir y hacer sus negocios sin darse cuenta ni siquiera de con qué mercancías negociaba. «Ocupación del padre: inversor.» Había pagado un precio por hablar con Melissa Simon en el Día de Elegir Carrera en la Westlake cuando toda su atención estaba centrada en la radiación. «No sientes nada —dijo Arnie Stine—. La radiación no produce ninguna sensación.» «Entre nosotros, nadie que no haya estado en esa mesa tiene la más mínima idea de la sensación que produce la radiación», dijo el técnico. Había pagado un precio por acordarse de aquel Cuatro de Julio en que el amigo de su padre había traído fuegos artificiales desde la frontera y restringir el recuerdo a los cohetitos gruesos y chispeantes que a ella no le habían gustado nada y a las bengalas que creaban luciérnagas en el crepúsculo caluroso del desierto.

Limitar lo que oyó a «Medio margarita y ya estoy volando», «Para qué queremos a los italianos, si tenemos aquí un espectáculo para nosotros solos».

Mantener el nombre del amigo de su padre fuera del marco de lo que recordaba.

Por supuesto, el nombre del amigo de su padre era Max Epperson.

Ya lo sabíais.

A Treat Morrison no le habría hecho falta olvidarse de aquel detalle.

Treat Morrison había construido su carrera a base de recordar detalles que podían convertirse en comodines, de utilizarlos, de ponerlos en juego, de intuir la oportunidad y sacar ventaja. A diferencia de Elena, había dominado a la perfección aquel rol, lo había interiorizado, había perfeccionado su actuación hasta que no traicionaba ni un solo indicio del desinterés total que habitaba en su centro. Sabía hablar y sabía escuchar. Como se negaba a usar traductores, todo el mundo daba por sentado que tenía un don para los idiomas, pero en realidad se comunicaba a base de un chapurreo improvisado y de escuchar con mucha atención. Era capaz de escuchar con atención en varios idiomas, incluido el suyo. Treat Morrison era capaz de escuchar atentamente una discusión en tagalo sobre las relaciones comerciales entre Estados Unidos y Asia, y era capaz de escuchar con el mismo grado exacto de atención a un camarero de Houston explicando que cuando el boom del petróleo se fue al carajo él se centró en hacer de camarero como vía de acceso al sector privado de los servicios. Una vez, en el puente aéreo, me senté con Treat Morrison, con el pasillo entre ambos, y lo vi pasarse el vuelo entero, del National a La Guardia, escuchando con atención las estratagemas que empleaba su compañero de asiento para ir de su casa de Nueva Jersey a su trabajo en Santa Ana.

—Tiene usted el vuelo de Delta con escala en Salt Lake —oí que sugería Treat Morrison cuando la conversación daba señales de decaer.

—La verdad es que prefiero el de American con escala en Dallas —dijo el compañero de asiento, devuelta su confianza al interés intrínseco de su tema de conversación.

—El de American que sale de Newark.

—El que sale de Newark, sí, lo que pasa es que Newark tiene las pistas de despegue cortas, o sea que cuando hace mal tiempo, olvídate de Newark.

Durante el regreso de La Guardia, le pregunté a Treat Morrison cómo le había salido tan natural sacar a colación el vuelo de Delta con escala en Salt Lake.

—Porque ya me lo había mencionado —respondió—. Antes de que despegáramos del National. Lo cogió la semana pasada y pilló unas turbulencias bastante chungas sobrevolando la cordillera de Wasatch. Escucho. Es mi trabajo. Escuchar. Es lo que me distingue de los tipos de Harvard. Los tipos de Harvard no escuchan.

Yo ya le había oído mencionar a «los tipos de Harvard», así como a «esos tipos que no saben hacer la O con un canuto» y a «esos tipos que tienen un saque potente y poco más». Era una veta de Treat Morrison que solo afloraba a la superficie cuando el agotamiento o un par de copas le hacían bajar la guardia, y que constituía el único indicio visible de lo que había significado para él salir del Oeste y hacer frente al mundo establecido.

Y era otro terreno que no le apetecía explorar.

—¿Qué coño? Que yo sepa, este sigue siendo un solo país —fue lo que me dijo cuando intenté insistir en el tema—. A menos que la gente de la prensa tengáis información nueva al respecto.

Me contempló guardando un silencio hostil durante treinta segundos largos, entonces pareció acordarse de que el silencio hostil no era su táctica más productiva.

—La cuestión es esta —dijo—. Hay dos tipos de personas que terminan en el Departamento de Estado. Y créeme, no estoy hablando en absoluto del sitio de donde procede cada cual, sino de la clase de persona que es.

Vaciló.

Un vistazo rápido para valorar mi reacción, después la enmienda:

—Y, por supuesto, cuando hablo de persona hablo de él o ella. Hombre, mujer, alienígena, lo que sea. No quiero leer ninguna mierda políticamente correcta sobre mí en el puñetero *Times* de Nueva York. Pero a lo que iba, el Departamento de Estado. Las dos clases de personas que terminan allí. Está el típico individuo que va de puesto en puesto leyendo bien las tarjetas de ubicación de los comensales y mandando los recordatorios a tiempo. Y está la otra clase. Yo estoy en la otra clase.

Le pregunté qué clase era aquella.

—Los yonquis de las crisis —me dijo—. Estoy en esto por la excitación, lo creas o no.

Así era Treat Morrison cuando se salía del personaje. Cuando se mantenía en él resultaba intachable, hablaba con la misma atención con la que escuchaba, expresando opiniones, ofreciendo consejos y hasta proporcionando por iniciativa propia unos análisis sorprendentemente francos de su propio modus operandi.

—Introducirte en cierta clase de situación tiene truco —me dijo un día cuando destaqué su capacidad para moverse de un desenlace al siguiente sin que lo identificaran de forma inconveniente con ninguno de ellos—. No te puedes implicar plenamente. Tienes que volver a casa, escribir el informe o lo que sea, dar la información pertinente y pasar a otra cosa. Vas a un sitio, les sacas las castañas del fuego y obtienes un periodo de gracia, quizá seis meses, no más, en que se te permite aleccionar a todo el mundo que no esté al día sobre cierto problemilla o sobre la frivolidad de lo que sea que hayan estado haciendo. Después pasas a otra cosa. ¿Sabes quiénes fueron las víctimas de Vietnam de las que no se informó? Pues los periodistas y políticos que no pasaron a otra cosa.

Aquella era otra diferencia entre Treat Morrison y Elena.

Elena se introducía en cierta case de situación y se implicaba plenamente.

Elena no pasaba a otra cosa.

Razón por la cual, para cuando Treat Morrison entró en escena, Elena ya se había visto atrapada en los conductos y arrastrada a los canales.

Al juego.

A la conspiración.

Al montaje.

A como lo quieras llamar.

CUATRO

1

Una de las muchas cuestiones que varios equipos de investigadores del Congreso y de analistas de la Rand Corporation no conseguirían resolver nunca fue por qué, para cuando llegó Treat Morrison a la isla, casi seis semanas después de que ella se enterara por el *Herald* de Miami de que su padre estaba muerto y más de un mes después de que se enterara por el FBI de que el pasaporte que estaba usando tenía una trampa incorporada, Elena McMahon seguía allí.

Podría haberse marchado.

Podría haberse ido al aeropuerto y haber tomado un avión (seguían programándose vuelos, no tantos como antes, pero el aeropuerto estaba abierto) y haberse largado.

Desde su entrevista inicial con el FBI ya debía de saber que el pasaporte con trampa incorporada no iba a ser válido para volver a entrar en Estados Unidos, pero ese mismo hecho también podría parecer un argumento para marcharse de aquella isla, para irse a otra parte, a donde fuera.

Tenía algo de dinero en metálico, había sitios adonde se podría haber ido.

Tan solo había que mirar un mapa: había incontables islas más en los bajíos de aguas clarísimas de Caribe, islas despreocupadas con controles de inmigración despreocupados, islas sin ningún rol designado en lo que estaba pasando por aquella zona.

Islas en las que no estaba pasando nada ni a la vista ni clandestinamente, islas en las que el Departamento de Estado de

Estados Unidos todavía no había tenido ocasión de publicar repetidas alertas de tránsito para los viajeros, islas de las cuales a los funcionarios residentes del gobierno estadounidense todavía no les había parecido necesario evacuar a sus subordinados y personal no esencial.

Islas en las que no se rumoreaba que había planes para asesinar al funcionario de más rango del cuerpo diplomático estadounidense.

Archipiélagos enteros de refugios neutrales donde una mujer estadounidense con una cierta presencia podría haberse bajado del avión y haberse registrado en el hotel de un centro turístico prometedor (el hotel de un centro turístico prometedor se podría definir como cualquiera que no tuviera a personal de las Fuerzas Especiales en el vestíbulo ni furgonetas blindadas sin distintivos en la entrada principal) y pedirse una bebida fría y marcar un número de teléfono familiar de Century City o de Malibú y dejar que Wynn Janklow y el conserje organizaran los aspectos logísticos de la vuelta a su vida anterior.

Pensadlo: se trataba de una mujer que a todos los efectos disponía de los recursos para simplemente subirse a un avión y largarse.

Entonces ¿por qué no lo hizo?

Los analistas de la Rand, creo que debido a que intuían que era mejor dejar en el horizonte la posibilidad de encontrar una respuesta, dejaron aquella pregunta abierta, una de las diversas «áreas todavía problemáticas que dejamos que sigan explorando los futuros estudiosos de este periodo». Los investigadores del Congreso respondieron a la pregunta como los fiscales que muchos de ellos habían sido, recurriendo a uno de esos guiones dudosos que tienden a evitar las conductas humanas reconocibles en sus prisas por demostrar «motivaciones». La motivación que los investigadores del Congreso acordarían en este caso era la «codicia»: ATRAPADA POR LA CODICIA, dice el epígrafe de la sección pertinente de su informe final. Elena McMahon, concluyeron, se había quedado en la isla porque todavía esperaba que viniera alguien y le diera el millón de dólares que tendría que haber recibido al entregar el último cargamento de Dick McMahon.

«Elena McMahon se quedó donde estaba —cito literalmente aquella sección—, porque al parecer temía que, si se marchaba, la estafarían o estaría renunciando al dinero que ella creía que le debían, es decir, el pago que afirmaba que le debían a su padre.»

Pero esto no era verdad ni mucho menos.

Ya hacía tiempo que la razón no era el pago que le debían a su padre.

El pago que le debían a su padre había dejado de ser la razón en el mismo momento en que había leído en el *Herald* de Miami que a su padre lo habían declarado difunto el 30 de junio de 1984 en la Residencia para Convalecientes Clearview de South Kendall.

Que resultaba ser la misma fecha que constaba en el pasaporte con trampa incorporada.

«Por lo que tengo entendido, Dick McMahon no va a ser ningún problema.»

2

–Deja de hablar con la puñetera canguro –le dijo su padre la noche en que ella estaba a punto de salir de la casa de Sweetwater para ir al Aeropuerto Internacional de Fort Lauderdale-Hollywood y tomar el vuelo sin programar que no aterrizaría en San José de Costa Rica.

Elena McMahon estaba intentando explicarle a la enfermera la medicación que tenía que tomar su padre a medianoche.

–Ellie. Quiero que me escuches.

–No se la querrá tragar, pero se la puedes machacar y mezclarla con un poco de coñac –le dijo a la enfermera.

La enfermera siguió cambiando de canales.

–No dejes que ninguno de esos tipos te convenza para quedarte por allí –dijo su padre–. Tú entrega la mercancía, recoge el pago, súbete otra vez al avión y mañana mismo estarás aquí de vuelta. Ese es el trato que hice.

–Yo creía que *Cheers* lo daban por la dos –dijo la enfermera.

–Echa a la crítica de televisión de aquí y escúchame –dijo Dick McMahon.

Elena mandó a la enfermera a localizar *Cheers* en la cocina.

–Esta no es una enfermera de verdad –dijo Dick McMahon–. La de la mañana sí que es enfermera, pero esta solo es una canguro. –Se reclinó en su asiento, agotado–. Ellie. A ver. Entrega la mercancía, recoge el pago y súbete otra vez al avión. Ese es el trato que hice. –No paraba de repetirlo como si lo estuviera diciendo por primera vez–. No dejes que ninguno de esos tipos te engatuse para quedarte, ¿me entiendes?

Ella dijo que lo entendía.

–Si hay gente que te da problemas, tú se lo dices.

Elena esperó.

Veía la retícula de venas bajo la piel transparente de los párpados de su padre.

¿Les digo qué?, le apuntó ella.

–Les dices, joder... –Se estaba despertando con dificultad–. Les dices que van a tener que responder ante Max Epperson. Y luego llamas a Max. Prométeme que llamarás a Max.

Ella no sabía si Max Epperson estaba vivo o muerto o si era una alucinación, pero aun así prometió que llamaría a Max.

A donde fuera que estuviera Max.

–Dile a Max que no me encuentro muy bien –dijo Dick McMahon–. Dile a Max que necesito que cuide de ti. Solo hasta que yo vuelva a estar al cien por cien. Dile que he dicho eso, ¿entendido?

Ella dijo que lo había entendido.

Barry Sedlow le dijo que estuviera en Fort Lauderdale-Hollywood a las doce de la medianoche en punto.

Le dijo que no esperara en la terminal sino en el Puesto J, si preguntaba en la oficina de operaciones de Butler le explicarían cómo llegar al Puesto J.

En el Puesto J habría una verja cerrada con llave que daba a la pista.

Ella tenía que esperar en el Puesto J.

Alguien le abriría la cerradura de la verja.

Para cuando Elena estuvo lista para marcharse, su padre ya se había vuelto a quedar dormido en su sillón, pero cuando ella le besó la frente él le cogió la mano.

–Tú no te acuerdas, pero cuando te quitaron las amígdalas no te quise dejar sola en el hospital –le dijo–. Me daba miedo que te despertaras asustada y sola. Así que dormí en una silla de tu habitación.

Elena no se acordaba.

Lo único que Elena recordaba era que cuando Catherine había tenido apendicitis ella se había quedado a dormir en una camilla de su habitación en el Cedars.

Su padre seguía con los ojos cerrados.

Pero no le soltó la mano.

Fueron casi las últimas palabras que le dijo su padre:

—Ni siquiera te diste cuenta, fíjate. Como eras una campeona, te tomaste todo el asunto del hospital como una campeona, y no te despertaste ni una vez.

—Sí que me desperté —dijo—. Me acuerdo.

Le habría encantado acordarse.

Confiaba en que Catherine se acordara.

Le siguió sosteniendo la mano a su padre hasta que su respiración se volvió regular y luego caminó hasta la puerta.

—Cuando llegue este pago —dijo su padre cuando ella abrió la puerta mosquitera—, por primera vez en mi vida tendré algo que dejarte.

—Sí que me desperté —repitió ella—. Vi que estabas allí.

«Por cierto.

»He visto a tu padre.

»Te manda un saludo.

»Lo estoy manteniendo al corriente.»

De hecho, yo sé por qué Elena McMahon se quedó en la isla.

Elena McMahon se quedó en la isla por lo que llevaba sabiendo desde el momento mismo de leer en el *Herald* de Miami que a su padre lo habían declarado difunto en South Kendall el mismo día en que supuestamente se había emitido en Miami el pasaporte que llevaba su fotografía. Y lo que ella llevaba sabiendo desde aquel momento era lo siguiente:

Que había alguien ahí fuera jugando a un juego distinto, haciendo un negocio distinto.

Que no era el negocio de su padre.

Un negocio del que su padre no había sabido nada.

El papel de su padre en aquel negocio del que no había sabido nada consistía en algo más que limitarse a reunir los envíos, aquellos envíos que en el curso de la primavera habían vuelto a concentrar sus energías menguantes, su flaqueante interés por seguir con vida. El papel de su padre debía empezar después de que aterrizara para recoger el pago del millón de dólares.

Pensad en su padre: un viejo medio loco que se había pasado la vida vendiendo mercancías que nadie admitía querer vender, un viejo cuyo interés en quién utilizaba sus mercancías se limitaba a saber quién podía pagarlas, un viejo cuya bien documentada imparcialidad acerca de dónde terminaban sus mercancías podía permitirle situarse en el lado equivocado de lo que fuera que iba a pasar en aquella isla.

¿Quién lo iba a echar de menos, a quién le iba a importar?

¿Quién no se iba a creer que había hecho lo que fuera que iban a decir que había hecho?

Un viejo en tiempos enfermos.

Un viejo sin reputación que perder.

Los envíos no habían sido más que el queso de la ratonera.

Elena había armado la ratonera y ahora su padre estaba muerto y a ella le tocaba hacer lo que fuera que se suponía que tenía que hacer él.

Alguien la había puesto allí, alguien la tenía bajo los focos.

La tenía en su objetivo.

La tenía en su punto de mira.

Lo que ella no sabía era quién.

Y hasta que no lo supiera, hasta que no viera de dónde venían los disparos, no podía implicar a Wynn.

Necesitaba que Wynn estuviera fuera de la línea de fuego.

Necesitaba que Wynn se hiciera cargo de Catherine.

3

La cuestión de por qué Treat Morrison llegó a la isla fue otro terreno en el que ni Rand ni los investigadores del Congreso hicieron un trabajo particularmente convincente, aunque en este caso hubo una serie de obstáculos estructurales desalentadores, estratos enteros de burocracia dedicados al principio de que la perpetuación de uno mismo dependía de la capacidad no de dilucidar sino de enturbiar. «Apreciamos la cooperación de aquellos individuos y agencias que han respondido a nuestras numerosas peticiones —señalaba el estudio de la Rand en referencia a aquella conexión—. Aunque ha habido otros individuos y agencias que no han hecho caso ni respondido a nuestras peticiones, confiamos en que las futuras valoraciones de este incidente se beneficien de su asistencia y clarificación.»

Para entonces yo también sabía por qué Treat Morrison había llegado a la isla, pero la respuesta no estaba calculada para satisfacer a los analistas de la Rand.

Treat Morrison había llegado a la isla en busca de la excitación.

De la acción, del juego.

Treat Morrison había llegado a la isla porque era otro lugar que le ofrecía la posibilidad de introducirse en cierta clase de situación.

Por supuesto, tenía una «misión», un encargo específico, y también tenía un plan específico. Siempre que se introducía en aquella clase de situación tenía una misión específica, y también tenía siempre un plan específico. El plan no coincidía necesariamente con el encargo, pero si la introducción se realizaba sin problemas, tampoco entraba en conflicto con él.

–Cierta gente de Washington puede tener ciertos intereses prioritarios que quieren que yo trate, y ese es mi encargo –me explicó una vez a este respecto, con tono de estar explicándole a un niño lo que pasa en su oficina–. Lo típico, sin embargo, es que haya alguna otra pequeña cuestión, algo de lo que ellos quizá no estén enterados o piensen que no es prioritario. Y puede que yo también intente abordar ese asunto. Ese sería su plan.

En el presente caso, el encargo de Treat Morrison consistía en corregir o aclarar todos los malentendidos o impresiones erróneas que pudieran o no haberse producido como resultado de la reciente visita a la región llevada a cabo por cierto senador y su secretario de gabinete de política exterior. Después se había repetido el viaje, aunque esta vez solo había ido el secretario de gabinete de política exterior, que tenía veintisiete años y se llamaba Mark Berquist. El personal de las embajadas estadounidenses de los países implicados había planteado una serie de preguntas relacionadas con qué habían estado haciendo el senador y Mark Berquist en esos países, con quiénes se habían reunido y qué se había dicho o no se había dicho en aquellas reuniones. Estas preguntas, que naturalmente derivaban de la sospecha generalizada de que las visitas podrían haber proporcionado aliento o incluso apoyo directo a lo que solía denominarse «elementos radicales no autorizados», habían languidecido durante un tiempo en los despachos de asuntos caribeños y centroamericanos hasta que finalmente, una vez que quedó claro que no se obtendrían respuestas, se habían filtrado estratégicamente desde Tegucigalpa a los principales reporteros estadounidenses que cubrían la zona.

«De acuerdo con fuentes bien situadas en la embajada», era la fórmula que había usado el *Times* de Nueva York para atribuir las preguntas.

El *Times* de Los Ángeles había añadido la corroboración de «un diplomático europeo con experiencia en la región». El *Post* de Washington se había basado en «observadores expertos de Estados Unidos».

En el breve frenesí que vino a continuación, Mark Berquist definió el propósito de aquellos viajes como «investigación estrictamente factual», «por lo general centrada en asuntos comerciales y agrícolas», pero «no en ninguna área que pueda ser de interés para ustedes».

El senador, por su parte, declaró que había hecho el viaje únicamente para «promover la participación en lo que para nuestro estado va a ser un programa muy activo y mutuamente beneficioso de ciudades hermanadas».

La petición de una vista judicial murió antes de llegar al subcomité.

Y ahí podría haber terminado la cosa, de no ser porque lasvisitas del senador y de Mark Berquist fueron seguidas, al menos en el terreno sobre el que informó la embajada de Alex Brokaw, por ciertos incidentes, no importantes pero sí preocupantes, en el sentido de que tendieron a legitimar la «fuente previamente fiable» que a finales de junio había informado de la existencia de un complot para asesinar a Alex Brokaw.

Estaban, por ejemplo, los dos baúles aparentemente abandonados en un condominio de la parte de barlovento de la isla que, durante los días de la segunda visita de Mark Berquist, había alquilado una joven costarricense que después había desaparecido, dejando sin pagar el alquiler semanal. A su regreso, el propietario se encontró los baúles y los sacó al pasillo para abrirlos y deshacerse después de ellos. Los baúles se pasaron diez o doce días en el pasillo antes de que el conserje encontrara el momento de abrirlos. De acuerdo con el informe policial sobre el incidente, el contenido de los dos baúles incluía veinte rifles de asalto semiautomáticos Galil, dos AK-47, diecisiete silenciadores, tres walkie-talkies, tres bolsas de munición, diversos explosivos y detonadores y artefactos electrónicos, cuatro chalecos antibalas y dos balanzas. De acuerdo con el informe de la embajada sobre el incidente, la presencia de las balanzas apuntaba a una conexión con el narcotráfico y hacía que el incidente no presentara una importancia apremiante. Dicho informe concluía también que la inquilina costarricense ausente no trabajaba para ninguna agencia estadounidense conocida por la embajada.

El hecho de que la inquilina (que ya no estaba ausente, dado que su cuerpo fue encontrado posteriormente al fondo de un barranco de la carretera de Smuglers' Cove) no trabajara para ninguna agencia estadounidense conocida por la embajada era una de las cosas que Treat Morrison ponía en duda.

Unos días después del asunto de los baúles (pero antes de que apareciera el cuerpo de la joven) tuvo lugar el incidente ocurrido delante del Intercon, solo unos minutos antes del discurso que Alex Brokaw tenía programado dar durante un almuerzo de la cámara de comercio en el salón de baile del Intercon. Se había congregado una pequeña multitud, una especie de manifestación, relacionada con la cuestión de quién era responsable de la drástica caída de la industria turística. Los manifestantes sostenían que la responsabilidad de la debacle de la industria turística era de Estados Unidos. La embajada sostenía, y esta era la idea que Alex Brokaw tenía intención de defender con su parlamento, que la debacle de la industria turística quedaría más que compensada por los beneficios económicos que recaerían no solo sobre aquella isla, sino sobre toda la cuenca del Caribe, si el Congreso de Estados Unidos aprobaba para el año fiscal de 1985 la ayuda militar a los combatientes por la libertad en Nicaragua.

Unos beneficios económicos que ya habían empezado a recaer.

De forma anticipada.

En reconocimiento al hecho de que ya había por entonces, seamos completamente sinceros en este sentido, una presencia.

Una presencia clandestina, es cierto.

Pero solo en espera de una presencia abierta.

Este era el subtexto del mensaje que Alex Brokaw, a solas en el asiento trasero de su coche blindado, había estado intentando condensar en una tarjeta pautada mientras su chófer avanzaba con dificultad por entre los manifestantes congregados a las puertas del Intercon en dirección a la barricada policial dispuesta en la entrada. El texto en sí del mensaje que estaba apuntando en la tarjeta era el siguiente: «Preguntadles a vuestros amigos los comerciantes de Panamá lo que ha significado para ellos el Comando Sur de Estados Unidos».

«La verdad, una manifestación bastante pobre», declararía el chófer que le había oído decir a Alex Brokaw en el momento preciso en que empezó el incidente, primero la rápida ráfaga de fuego semiautomático y luego, mientras se aproximaba la policía, el pum-pum sordo de los cartuchos de gas lacrimógeno.

«Nada como un poco de gas lacrimógeno para despejar los senos nasales», fue lo que recordaba haber dicho Alex Brokaw.

De acuerdo con el informe policial sobre el incidente, la investigación se centró en dos hondureños registrados hasta aquella mañana en el Days Inn del aeropuerto. De acuerdo con el informe de la embajada sobre el incidente, no se pudo localizar a los dos hondureños desaparecidos para interrogarlos, pero no trabajaban para ninguna agencia estadounidense conocida por la embajada.

El hecho de que los dos hondureños desaparecidos no trabajaran para ninguna agencia estadounidense conocida por la embajada era la segunda cosa que Treat Morrison ponía en duda.

La tercera cosa que Treat Morrison ponía en duda era más amorfa, y tenía que ver con la «fuente previamente fiable» que a finales de junio había informado de la existencia de un complot para asesinar a Alex Brokaw. Ya desde el principio había algo en aquel informe que a mucha gente de Washington y Miami le había parecido demasiado conveniente, empezando por el hecho de que coincidiera con las sesiones preparatorias de la legislación orientada a suministrar ayuda militar a los combatientes por la libertad en Nicaragua de cara al año fiscal de 1985. La misma gente de Washington y Miami tendió a desestimar aquellos últimos incidentes por considerarlos igualmente convenientes, refuerzos añadidos a la teoría de que había sido el mismo Alex Brokaw, en un intento de poner los cimientos para un desembarco abierto y a gran escala en la isla, quien había puesto en juego el informe sobre el intento de asesinato y ahora estaba dando credibilidad al informe mediante nuevos indicios de que se estaba asediando al personal estadounidense.

«Enturbiar su propio estanque», era lo que se comentaba que estaba haciendo Alex Brokaw.

A finales de julio el consenso acerca del hecho de que Alex Brokaw estaba enturbiando su propio estanque ya había alcanzado una masa crítica, igual que las metáforas sobre colisiones: la forma en que se decía que Alex Brokaw estaba enturbiando su propio estanque era «jugando la carta del Reichstag».

El problema de enturbiar tu propio estanque jugando la carta del Reichstag era que tenías que ser bastante tonto para intentarlo, porque si no lo fueras sabrías que todo el mundo iba a dar por sentado inmediatamente que estabas enturbiando tu propio estanque jugando la carta del Reichstag.

El hecho de que Alex Brokaw fuera lo bastante tonto como para enturbiar su propio estanque era la tercera cosa que Treat Morrison ponía en duda, y localizar el punto en que confluían aquellas dudas debió de formar parte de su plan. La otra parte de su plan debió de estar relacionada con la inesperada visita que le había hecho, la noche antes de salir de Washington, el secretario de gabinete de política exterior del senador cuya visita a la zona había suscitado las preguntas originales.

—T. M., solo lo voy a molestar quince minutos —le dijo Mark Berquist cuando se materializó, con las mejillas sonrosadas y traje de lino, en el despacho de Treat Morrison después de que se fueran las secretarias. El aire acondicionado estaba apagado y las ventanas abiertas y al parecer la camisa le había estado constriñendo a Mark Berquist la garganta–. Sería buena idea que nos diera un poco el aire.

–Señor Berquist –le dijo Treat Morrison–. ¿Por qué no se sienta?

Una pausa apenas perceptible.

–En realidad preferiría que diéramos un paseo –dijo Mark Berquist en tono elocuente, examinando con la mirada las estanterías como si fuera a aparecer un aparato de escucha disfrazado de ejemplar de *Foreign Affairs*–. No querría robarle su tiempo.

Hubo un silencio.

Treat Morrison miró el reloj de su mesa.

–Ya ha desperdiciado dos minutos, o sea que le quedan trece –dijo Treat Morrison.

Hubo otro silencio y luego Mark Berquist se quitó la chaqueta de lino y la dejó en el respaldo de una silla. Cuando por fin se sentó, evitó mirar directamente a Treat Morrison.

–Déjeme que le dé unos cuantos antecedentes personales –dijo entonces Mark Berquist.

Le contó que llevaba cinco años en la Colina del Capitolio, desde que se había graduado de la Universidad Villanova. En la Villanova, le dijo, había tenido la suerte de conocer a los hijos de varias personalidades cubanas en el exilio, así como a los hijos de dos embajadores en Washington procedentes de aquella misma región general, concretamente de Argentina y El Salvador. Habían sido aquellas amistades, le contó, las que lo habían llevado a comprometerse a hacer todo lo que humildemente pudiera para allanar el terreno para la democracia en aquella región.

Treat Morrison dio la vuelta al reloj de su mesa en dirección a Mark Berquist.

–Siete –dijo.

–Es usted consciente de que tenemos un interés allí. –Mark Berquist miró por fin a los ojos a Treat Morrison–. Una situación un poco compleja.

—Yo que usted, iría al grano deprisa.

—Puede que sea una situación en la que no le conviene entrar.

Al principio Treat Morrison no dijo nada.

—Carajo —dijo al cabo—. La verdad es que nunca he oído a nadie decir algo así. —De hecho, no era verdad. Treat Morrison llevaba toda su vida adulta oyendo a gente decir cosas como aquella, pero ninguna de aquellas personas había sido un secretario de gabinete de veintisiete años de la Colina del Capitolio—. Llámeme ingenuo, pero yo habría pensado que había que ser actor para decir algo así.

Treat Morrison se reclinó en su asiento y entrelazó las manos detrás de la cabeza.

—¿Alguna vez se ha planteado dedicarse a la interpretación, señor Berquist? ¿Subirse al escenario? El olor a maquillaje teatral, el aplauso del público...

Mark Berquist no dijo nada mientras se ponía de pie.

—No es muy distinto de la política —prosiguió Treat Morrison. Ahora estaba examinando el techo, mirando la lámpara con los ojos un poco entornados—. Si se para a analizarlo. Doy por sentado que vio a ciertas personas allí abajo.

Mark Berquist arrancó bruscamente su chaqueta de lino del respaldo de la silla y escupió cada palabra sin alterar el tono:

—Esta ciudad la manejan los amigos de toda la vida, y usted es uno de ellos, así que puede intentar lo que le dé la gana. Solo le estoy diciendo que este es un rompecabezas con un montón de piezas que quizá no le convenga encajar.

—Una de las personas a las que doy por sentado que vio es Bob Weir.

—Está tirándome el anzuelo —dijo Mark Berquist—. Y no pienso picar.

Treat Morrison no dijo nada.

Bob Weir era la «fuente previamente fiable» que a finales de junio había informado de la existencia del complot para asesinar a Alex Brokaw.

—Y déjeme que añada una cosa —dijo Mark Berquist—. Estaría usted cometiendo un grave error de juicio si intentara crucificar a Bob Weir.

Treat Morrison contempló en silencio cómo Mark Berquist hurgaba con los brazos en la chaqueta de lino tratando de encontrar las mangas.

—Por cierto —dijo entonces Treat Morrison—. Para que conste en acta. Yo no soy uno de esos amigos de toda la vida.

4

Yo había conocido a Bob Weir.

Me había encontrado con él dos años antes, en 1982, en San Salvador, donde regentaba no un restaurante sino una discoteca, un local desangelado llamado Chez Roberto, ocho mesas y un equipo de música situados en una calle comercial del distrito de San Benito. A las pocas horas de llegar a San Salvador ya había empezado a oír mencionar el nombre de Bob Weir, siempre con precaución: por lo visto era un estadounidense de quien me dijeron que tenía una historia interesante, un aparente don para estar en lugares interesantes en momentos interesantes. Por ejemplo, resultaba que había estado dirigiendo una empresa de exportaciones en Guatemala en la época en que Jacobo Arbenz fue derrocado. Y resultaba que había estado dirigiendo una segunda empresa de exportaciones, en Managua, en la época en que el régimen de Somoza fue derrocado. En San Salvador se comentaba que tenía una relación particularmente estrecha con un actor decididamente malo llamado coronel Álvaro García Steiner, que había recibido una formación especial a cargo del ejército argentino en materia de contraterrorismo doméstico, que en aquella época era una especialidad local.

A falta de nada más constructivo que hacer, pasé por Chez Roberto en varias noches distintas, con la esperanza de hablar con su propietario. En el aparcamiento estaban los habituales Cherokee Chief blindados, y en el interior los habituales hombres de negocios salvadoreños (nunca vi a nadie bailar en

Chez Roberto, ni de hecho vi tampoco a ninguna mujer), pero en cada una de aquellas ocasiones me dijeron que Bob Weir estaba «fuera de la ciudad» o bien ocupado con «otros negocios», o simplemente que «ahora mismo no está para nadie».

Fue unos días después de mi última visita a Chez Roberto cuando un hombre al que no conocía de nada se sentó enfrente de mí en la cafetería del Sheraton. Llevaba uno de esos bolsos de cuero pequeños con cremallera que en aquella época en El Salvador sugerían la presencia de una Browning de 9 milímetros, y también llevaba un fajo de periódicos estadounidenses recientes, que desplegó sobre mi mesa y se puso a hojear, con un lápiz de cera en la mano.

Seguí comiéndome mi cóctel de gambas.

—Veo que tenemos la típica propaganda de agitación de sus colegas —dijo, subrayando con el lápiz de cera un artículo del *Herald* de Miami firmado en San Salvador.

Pasó un rato.

Me terminé el cóctel de gambas e hice una señal para que me trajeran la cuenta.

Según el reloj de encima de la caja registradora, el hombre ya llevaba once minutos leyendo la prensa en mi mesa.

—Quizá he malinterpretado la situación —dijo mientras yo firmaba la cuenta—. Tenía la impresión de que ha estado buscando a Bob Weir.

Le pregunté si era Bob Weir.

—Podría ser —me dijo.

Aquel encuentro absurdamente siniestro terminó, como terminaban muchos de aquellos encuentros en el San Salvador de la época, sin conclusión alguna. Bob Weir me dijo que estaría encantado de hablarme del país, y específicamente de sus ciudadanos, que eran emprendedores hasta la médula y no querían saber nada de ninguna imposición autoritaria de orden. Bob Weir también me dijo que estaría encantado de presentarme a algunos de aquellos ciudadanos emprendedores, pero por desgracia los que yo le mencioné, y en concreto el coronel Álvaro García Steiner, estaban fuera de la ciudad o bien ocupados con otros negocios o simplemente no estaban para nadie en esos momentos.

Evidentemente, mucha gente que conocía a Bob Weir daba por sentado que era de la CIA.

Yo no tenía ninguna razón particular para poner aquello en duda, pero tampoco tenía ninguna razón particular para creerlo.

Lo único que sabía con certeza de Bob Weir era que, cuando lo miraba a la cara, no veía su cara.

Veía una fotografía de forense de su cara.

Lo veía degollado de oreja a oreja.

Se lo mencioné a varias personas y todos nos mostramos de acuerdo: fuera cual fuera el juego de Bob Weir, no tenía ni idea de lo que estaba haciendo. Bob Weir era prescindible. El hecho de que Bob Weir siguiera con vida y haciendo negocios dos años después, y no solo haciendo negocios sino haciéndolos en otro lugar interesante y en otro momento interesante, y no solo haciéndolos en aquel lugar interesante y en aquel momento interesante sino haciéndolos en calidad «fuente previamente fiable», viene a demostrar lo poco que entendíamos ninguno de nosotros.

5

Cuando más adelante Treat Morrison me habló de la inesperada visita que le había hecho Mark Berquist, me contó que había estado un poco distraído.

De no haberlo estado, me dijo, habría manejado la situación de forma distinta.

No habría dejado que el muchacho lo irritara.

Se habría concentrado en lo que el muchacho le estaba diciendo.

Más allá de sus bravuconerías.

Más allá del hecho de que el chaval hablara como si fuera el puñetero general Lansdale.

Había estado un poco distraído, me contó, desde la muerte de Diane.

«Diane Morrison, 52 años, esposa de, tras una breve enfermedad.»

Me contó que Diane había sido una de las criaturas más bellas y brillantes de Dios, y que en algún momento, un mes o dos antes de su muerte, él había empezado a tener problemas para concentrarse, problemas de atención.

Y luego, claro, ella se murió.

Él acababa de organizar por fin los turnos con las enfermeras y entonces ella se murió, sin más.

Y después, naturalmente, se presentaron ciertas obligaciones.

Las típicas obligaciones financieras y sociales, ya sabe.

Y luego nada.

Las enfermeras ya no estaban y ella tampoco.

Y una noche llegó a casa y no quiso cenar y tampoco quiso acostarse, y se dedicó a beber una copa tras otra hasta que el amanecer estuvo lo bastante cerca como para nadar unos largos e irse a la oficina.

Una noche infernal, obviamente.

Y cuando llegó a la oficina por la mañana, me contó, se dio cuenta de que llevaba demasiado tiempo sometido a presión y de que era el momento de largarse unos días, incluso se planteó irse solo a Roma pero no veía de dónde podía sacar el tiempo, y el resultado final fue que se pasó unos once meses funcionando sin combustible.

Se pasó once meses un poco distraído.

En lo que respectaba a aquella visita de Mark Berquist, en primer lugar el muchacho lo había pillado trabajando tarde, intentando terminar cosas pendientes para poder tomar el primer vuelo de la mañana a la isla; era imperativo que tomara el primer vuelo porque Alex Brokaw estaba retrasando su vuelo semanal a San José para poder ponerlo al día en la sala segura del aeropuerto, de forma que había sido una situación en la que quizá se encontraba aún más distraído que de costumbre.

Sin duda podrá entenderlo usted, añadió.

Yo no estaba segura de poder entenderlo.

No había estado lo bastante distraído como para no apuntar meticulosamente en el registro de su oficina, dado que las secretarias que solían llevarle la agenda ya se habían marchado, los detalles del encuentro de su puño y letra:

Fecha: Lunes 13 de agosto de 1984.
Lugar: Calle C 2201, N.W.
Hora: De las 19.10 a las 19.27.
Presentes: T. A. M. / Mark Berquist.
Asunto: Visita sin programar, B. Weir, otros temas.

—Eso fue una pura cuestión administrativa —me dijo Treat Morrison cuando le mencioné la anotación en el registro—.

Eso no fue concentrarse, fue un puro gesto reflejo, fue cubrirme las espaldas como hace el personal administrativo, si pasara usted tiempo en Washington lo sabría, el puñetero registro se hace con el piloto automático.

Hizo crujir los nudillos de su mano derecha, un tic.

—Por lo que a mí respectaba —me dijo—, aquel no era más que otro crío de la Colina lleno de ideas delirantes que cualquier persona cuerda sabría que, fuera del puñetero distrito de Columbia, no lo llevarían ni a la primera base.

Guardó silencio.

—Dios —dijo al cabo—, me tendría que haber tomado tres o cuatro días libres y haberme ido a Roma.

Volvió a quedarse callado.

Intenté imaginarme a Treat Morrison en Roma.

En la única imagen que me vino a la mente, lo vi caminando solo por la via Veneto, a primera hora de la noche, y a todo el mundo sentado delante del Excelsior como si todavía fuera 1954, todo el mundo salvo Treat Morrison.

Los hombros ligeramente encorvados, mirando al frente.

Pasando por delante del Excelsior como si tuviera algún sitio adonde ir.

—Porque la cuestión es... —dijo, y se detuvo. Cuando volvió a hablar fue en tono razonable, pero haciendo crujir otra vez los nudillos de la mano derecha—. La cuestión es que, si me hubiera ido a Roma, aquel encuentro no habría tenido lugar. Porque yo habría vuelto a estar en forma antes de que aquel niñato idiota hubiera llegado a poner un pie al sur del Dulles.

Fue él quien no paró de volver una y otra vez a su reunión con Mark Berquist, dándole vueltas, mareando la perdiz, intentando asimilar el hecho de que no había conseguido entender que la pieza central del rompecabezas que no le convenía montar había estado allí mismo, en su despacho.

Mark Berquist.

Lo cual llevaba a la pregunta, tal como Treat Morrison explicaría elípticamente en las cuatrocientas setenta y seis páginas que entregó a la Biblioteca Bancroft, de si las estrategias políticas tenían que basarse en lo que decía o creía o deseaba una gente sentada en salas con aire acondicionado de Washington o Nueva York, o si las estrategias políticas debían basarse en lo que veía e informaba la gente que estaba trabajando sobre el terreno. No paraba de repetir que había estado un poco distraído.

De no haber estado un poco distraído, habría visto inmediatamente que el informe sobre el complot para asesinar a Alex Brokaw no procedía originalmente, tal como creía Alex Brokaw, de la fuente previamente fiable que se lo había pasado a la embajada. Ni tampoco procedía originalmente, tal como creía casi todo el mundo en Washington, de Alex Brokaw.

El informe sobre el complot para asesinar a Alex Brokaw procedía, por supuesto, de Washington.

De Mark Berquist.

Que se lo había pasado a la fuente previamente fiable.

Bob Weir.

Treat Morrison lo había tenido delante de las narices y la había cagado.

No había estado concentrado.

Si hubiera estado concentrado, todo lo demás habría encajado.

O sea, por Dios, me dijo. No hay que ser un genio. Esto es de manual. Es el abecé. Dos más dos.

Si pones en juego un complot para asesinar a alguien, luego lo sigues con un intento de asesinato. Si escenificas un intento de asesinato, pones a alguien en primera fila.

Una tapadera, un asesino.

Una tapadera con los antecedentes adecuados.

Una tapadera a la que puedas silenciar en el mismo intento de asesinato.

Y ese intento de asesinato fracasará o no, dependiendo exactamente de cómo de desautorizados resulten estar los elementos radicales.

Es el abecé. Dos más dos.
Dos más dos son cuatro.
No hay que ser un genio.
Si hubiera estado concentrado lo habría visto claro. O eso se seguía diciendo a sí mismo.
La última vez que hablamos.

6

El ritmo común a todos los complots dicta un remanso, un periodo de suspensión, un tiempo para permanecer a la espera, cierto número de días o semanas lo bastante ordinarias como para sugerir que la cosa quizá no vaya a producirse, que quizá no llegue la sangre al río. De hecho, las semanas que transcurrieron entre el día en que Elena McMahon se enteró de que su padre había muerto y el día en que Treat Morrison llegó a la isla parecieron en la superficie tan ordinarias que lo único que podía sugerir que Elena McMahon estaba esperando algo era cierta rigidez en su horario. Cada mañana, hasta que se marchó del Intercon, encendía el televisor de su habitación a las seis y media en punto para ver el tiempo en la CNN Internacional: chaparrones en Rumanía, un frente sobre Chile, Estados Unidos reducido a un sistema de tormentas, la capa de neblina marina disipándose sobre el sur de California, el mundo más allá de aquella isla girando no despacio sino a un inexorable ritmo meteorológico, una visión aérea que le resultaba relajante.

La disipación de la capa de neblina marina sobre el sur de California significaba que hacia mediodía ya no quedarían estratos en el cielo de Malibú.

Catherine podría tumbarse al sol ese día.

Cada mañana a las siete y diez en punto se ponía unos pantalones cortos y una camiseta y salía a andar. Caminaba ocho kilómetros, doce, quince, lo que alcanzara a recorrer durante dos horas exactas. A las nueve y diez en punto se bebía dos tazas de café y se comía una papaya, no más. Las dos horas entre las diez y mediodía se las pasaba en el centro, no exactamente de compras pero sí dejándose ver, estableciendo su presencia. Su rutina no variaba: todos los días se detenía un momento ante el expositor giratorio de delante del enorme Rexall para inspeccionar la selección de postales, que siempre era la misma. Tres manzanas más adelante se paraba en el puerto, se sentaba sobre el murete por encima de los muelles y contemplaba la carga o descarga de alguno de los buques de mercancías que iban de isla en isla. Después del Rexall y del puerto inspeccionaba la librería, la pastelería y los pósters de delante de la oficina municipal. Su póster favorito mostraba un círculo rojo con una franja en diagonal superpuesta sobre un mosquito anófeles, pero ninguna inscripción que explicara cómo se iba a poner en práctica aquella prohibición.

Las tardes le resultaban de entrada más problemáticas. Durante un par de días probó a sentarse junto a la piscina del Intercon, pero había algo en las tumbonas vacías y en el cielo estival encapotado, así como en la aparición ocasional de uno u otro de los estadounidenses que ahora parecían alojarse en bloque en el Intercon, que la incomodaba. El tercer día, en una librería de viejo que había cerca de la facultad de medicina, encontró una gramática italiana y un libro de texto de segunda mano titulado *Medicina general y enfermedades infecciosas*, y empezó a pasarse una serie de horas fijas cada tarde aprendiendo italiano (de dos a cuatro) y (entre cinco y siete) los principios del diagnóstico y el tratamiento.

Después de mudarse del Intercon a la parte de barlovento de la isla, cogió un trabajo, por así llamarlo: subgerente del hotel Surfrider. Para cuando la contrataron allí ya no quedaba gran cosa por hacer, pero por lo menos tenía un mostrador que organizar, una actividad que supervisar y ciertos deberes inventados. Tenía que preparar los menús y colocar las flores. Tenía que hacer el trayecto diario al aeropuerto, en uno de los tres jeeps maltrechos del Surfrider, para recoger los documentos y el correo y dejar los paquetes para enviar. En el lado de barlovento ya no tenía la piscina del Intercon con sus tumbonas vacías, sino el mar mismo, el bramido bajo y opresivo de las olas que rompían en el arrecife, la quietud repentina durante la bajamar y la pleamar, y el alivio del viento que llegaba hacia el amanecer, aporreando las persianas y alborotando las cortinas y secando las sábanas que para entonces ya estaban empapadas de sudor.

En el lado de barlovento también tuvo, después de que se marchara el último mochilero, la compañía disponible y completamente carente de exigencias del gerente del Surfrider, un estadounidense llamado Paul Schuster que había llegado a las islas siendo sobrecargo de la Pan Am y se había metamorfoseado en cronista de los trópicos provisto de una verdadera mina de historias sobre gente a la que había conocido (no daba nombres pero, si se los daba, ella los reconocía) y sobre curiosidades con las que se había encontrado (ella no podía creerse la presteza con que la gente se quitaba de encima sus inhibiciones bajo las palmeras) y sobre lugares en los que había operado en islas de todo el Caribe.

Estaban, por ejemplo, la casa de huéspedes de Martinica y la discoteca de Gustavia. Lugares geniales, aunque no eran para él. La que sí era para él era la ultraexclusiva casa de huéspedes solo para hombres de Santa Lucía, lujo total, diez joyitas de suites perfectas, allí solo iba *la crème de la crème*, Paul Schuster no daba nombres pero eran todos peces gordos de Wall Street, los agentes y ejecutivos cinematográficos más en boga, *pas de* chaperos. Otro sitio que sí era para él era Haití, pero se había largado asustado del país después de que empezaran a aparecer pollos muertos en la verja del establecimiento que tenía allí, la primera y que él supiera la única casa de baños gay de primera clase de Puerto Príncipe.

Puede que no fuera el tipo más listo del barrio, pero, eh, cuando veía un pollo muerto sabía lo que significaba y cuando veía una indirecta sabía captarla.

Pas de poulet.

Pas de voodoo.

Pas de Port-au-Prince.

Paul Schuster hacía frecuentes referencias a su propia homosexualidad y a la de otros, pero durante la época que Elena pasó en el Surfrider se produjo lo que, en retrospectiva, podría parecer una ausencia ligeramente discordante de evidencias de dicha homosexualidad, ningún amigo especial, ni chicos yendo y viniendo, ni de hecho nadie que fuera y viniera o se quedara allí, tan solo ellos dos, solos a la hora de las comidas y también por las noches, cuando se sentaban junto a la piscina vacía y quemaban varitas de cidronela para protegerse de los mosquitos. Hasta la noche anterior a la llegada de Treat Morrison, Paul Schuster se mostró incansablemente amigable, de una forma curiosamente anticuada, como si hubiera recalado allí por accidente alrededor de 1952 y las décadas posteriores no lo hubieran contaminado.

—¡Hora feliz! —gritaba, materializándose con una jarra de ponche de ron en el porche donde ella estaba leyendo *Medicina general y enfermedades infecciosas*—. ¡A privar! ¡Fiesta!

Ella marcaba a regañadientes la página y dejaba a un lado *Medicina general y enfermedades infecciosas*.

Paul Schuster volvía a contarle el plan que tenía para redecorar y relanzar el Surfrider como balneario de ultralujo para hombres de negocios europeos.

La élite. Peces gordos. Hombres de una determinada clase que seguramente no consiguieran relajarse plenamente en Düsseldorf o donde fuera.

Ella le volvía a decir que no estaba del todo segura de que la atmósfera que reinaba ahora mismo en la isla invitara exactamente a relanzar el Surfrider.

Y él volvía a fingir que no la oía.

—Ya estoy otra vez como siempre —decía—. Soltando mis ideas a chorros. —Era un símil que siempre conseguía complacerle—. Eyaculando mis ideas allí donde cualquiera me las puede quitar. Pero, eh, las ideas son como los autobuses, todo el mundo las puede coger.

La única noche en que Paul Schuster no se mostró incansablemente amigable fue la del 13 de agosto, que resultó ser también la única en que había invitado a alguien a cenar.

–Por cierto, le he dicho a Evelina que esta noche seremos tres –dijo cuando Elena volvió de su trayecto matinal al aeropuerto. Evelina era la única empleada del personal de cocina que no se había marchado, una mujer adusta que más o menos se había quedado porque vivía con sus nietos en una casita por la que no pagaba alquiler detrás de la lavandería–. Viene un amigo mío al que tienes que conocer.

Ella le preguntó quién.

–Un hostelero bastante famoso por aquí –le dijo él.

Cuando bajó las escaleras poco después de las siete, Elena vio a Paul Schuster y a un hombre mayor sentados fuera, junto a la piscina vacía, pero como parecían enzarzados en una conversación bastante intensa cogió una revista del porche protegido por mosquiteras, donde Evelina ya estaba poniendo la mesa.

–Deja de esconderte ahí. –La voz de Paul Schuster sonó imperiosa–. Quiero que conozcas a nuestro invitado.

Mientras Elena salía, el hombre mayor se levantó a medias, un gesto mínimo, y se volvió a apoltronar en su silla, una aparición fantasmal con alpargatas, pantalones caqui sin planchar y camisa de seda negra abotonada hasta el cuello.

–*Enchanté* –murmuró con voz cavernosa pero acento claramente americano–. Bob Weir.

–Francamente me sorprende que no te hayas encontrado antes con Bob –dijo Paul Schuster, con cierto deje en su tono–. Bob siempre se asegura de encontrarse con todo el mundo. Fue así como consiguió presentarse aquí una mañana y para la hora de la cena ya ser el americano más conocido de la isla. –Paul Schuster chasqueó los dedos–. Ya empezó antes de cruzar la aduana. A encontrarse con gente. ¿No dirías que ese es el secreto de tu éxito, Bob?

–Ir al grano y no hacer las cosas difíciles –dijo Bob Weir.

En el silencio que siguió, Elena se oyó preguntarle a Bob Weir cuánto tiempo llevaba allí.

Él lo pensó un momento.

—Ya llevo un tiempo —dijo por fin.

Hubo otro silencio.

Elena estaba a punto de preguntarle por su restaurante cuando él dijo de pronto:

—Creo que la he visto esta mañana en el aeropuerto.

Ella dijo que iba al aeropuerto todas las mañanas.

—Eso es bueno —dijo Bob Weir.

La enigmática declaración quedó flotando en el aire entre ambos.

Elena se fijó en que Paul Schuster estaba ligeramente inclinado hacia delante, tenso, absorto.

—No sé si es exactamente bueno —dijo ella por fin, probando a soltar una risita cristalina, un tono de Mamá de Westlake—. Simplemente forma parte de mi trabajo.

—Es bueno —dijo Bob Weir—. Porque mañana te podrás llevar a Paul contigo. Paul tiene algo que hacer mañana en el aeropuerto.

—Oh, no, no —dijo Paul Schuster. A Elena le pareció que se había retraído físicamente—. Yo no voy nunca al aeropuerto.

—A las diez —dijo Bob Weir dirigiéndose a Elena como si Paul Schuster no hubiera hablado—. Paul necesita estar allí a las diez.

—No necesito estar allí a las diez —dijo Paul Schuster.

—Podemos estar allí cuando quiera —dijo Elena en tono conciliador.

—Paul necesita estar allí a las diez —repitió Bob Weir.

—Déjame que ponga sobre la mesa un par de crudas verdades —le dijo Paul Schuster a Bob Weir—. *Paul* no necesita estar allí para nada. Ella estará allí cuando yo le diga, si es que se lo digo. Y créeme, todavía hay un gran condicional en esta situación, y ese gran condicional es *moi*. —Paul Schuster agarró la jarra vacía de ponche de ron—. Y en el caso de que Elise esté allí, ¿sabes quién estará allí con ella? Nadie. *Nul*. Punto. Y ahora cambiemos de tema. Se nos ha acabado el ponche. Ve a buscar a Evelina.

Elena se puso de pie y echó a andar hacia el porche.

—Desde mi punto de vista personal, no tienes tantas verdades crudas en tu baraja como crees —oyó que le decía Bob Weir a Paul Schuster.

—¿Qué estoy viendo en ese porche? —oyó que decía Paul Schuster, en tono de acusación—. ¿Estoy viendo que Evelina ya ha puesto la mesa?

Elena se detuvo. La hora a la que se servía la cena, es decir, la hora a la que Evelina quedaba libre para volver a la casita con sus nietos, se había convertido durante la semana precedente en una pequeña fuente de irritación para Paul Schuster, pero hasta entonces no lo había tratado como un problema. A Elena se le ocurrió que quizá estuviera presenciando alguna forma de pánico homosexual, que quizá Bob Weir supiera algo que Paul Schuster no quería que supiera.

—Evelina —la llamó—. Ven aquí.

Evelina apareció con cara impasible.

—Espero sinceramente que no estés planeando endilgarnos la cena antes de las ocho y media en punto.

Evelina se quedó allí plantada.

—Y si vas a decirme como de costumbre que para las ocho y media el pescado ya estará seco —dijo Paul Schuster—, déjame que te lo ahorre. No lo saques. Olvídate del pescado. *Pas de poisson.*

Entonces la mirada de Evelina se desvió de Paul Schuster a Elena.

—No la mires a ella —dijo Paul Schuster—. Ella solo trabaja aquí. Es una de las empleadas. Igual que tú antes. —Paul Schuster cogió la jarra vacía y se la dio a Evelina—. ¿Serías tan amable de rellenar esta jarra? —dijo mientras entraba en la casa—. Voy a llamar al pueblo para pedir el camión.

Evelina ya estaba entrando en la cocina cuando preguntó para qué quería el camión.

—Porque os quiero a ti y a esos críos bastardos tuyos fuera de aquí esta noche —dijo Paul Schuster, y dejó que la puerta se cerrara tras él de un portazo.

Elena cerró los ojos y trató de respirar lo bastante hondo como para relajar el nudo que tenía en el estómago. Oyó a Paul Schuster dentro, cantando fragmentos de *Carousel*. En un armario de mimbre cerrado con llave de su oficina tenía grabaciones del reparto original de varios musicales de Broadway, discos ajados en fundas mohosas, tan rayados ya que casi nunca los ponía pero los seguía cantando a menudo, sobre todo las transiciones menos conocidas, haciendo todos los papeles.

«He's dead, Nettie, what am I going to do», lo oyó preguntarse con voz de soprano.

Parecía estar en las inmediaciones de su oficina.

«Why, you're going to stay here with me», le oyó contestarse a sí mismo con voz de alto. «Main thing is to keep on living, keep on caring what's going to happen.»

Ahora parecía estar en la cocina.

—Paul tiene un don genuino para el teatro —oyó que decía Bob Weir.

Elena no dijo nada.

—«Neeever, no neeever, walk alooone» —estaba cantando Paul Schuster cuando volvió. Llevaba la jarra de ponche llena—. Bien está lo que bien acaba. Cenamos a las ocho y media.

—Quizá debería haber mencionado esto antes —dijo Bob Weir—. No he venido a cenar.

Elena no dijo nada.

—Llevo viviendo aquí el tiempo suficiente como para saber —dijo Paul Schuster— que a veces hay que ponerse duro. ¿No es verdad, Elise?

Elena dijo que suponía que sí.

Paul Schuster cogió la jarra de ponche y se llenó el vaso.

Elena dijo que no quería más, gracias.

Paul Schuster se giró en redondo para mirarla.

—¿A ti quién te ha preguntado? —dijo.

—Estás meando fuera de tiesto —le dijo Bob Weir a Paul Schuster.

—Creo que debes de ser estúpida —le dijo Paul Schuster a Elena. Estaba plantado delante de ella, con la jarra de ponche en la mano–. ¿Eres estúpida? ¿Cómo de estúpida eres? ¿Eres lo bastante estúpida como para quedarte ahí sentada mientras hago esto?

Ella levantó la vista hacia él justo a tiempo de recibir todo el chorro de ponche en los ojos.

–Y como has sido tú el que ha meado fuera de tiesto –oyó que le decía Bob Weir a Paul Schuster–, más te vale arreglar el estropicio, joder.

Elena se levantó, con el ponche pegajoso todavía chorreándole por el pelo y la cara y los ojos escociéndole por el cítrico, entró en el hotel vacío y subió a su habitación. Fue la noche en que se metió en la bañera herrumbrosa y dejó que el agua de la ducha corriera sobre ella durante diez minutos largos, sin importarle la sequía ni que se vaciara la cisterna ni que se secara el pozo. También fue la noche en que llamó a Catherine a la casa de Malibú y le dijo que intentaría estar en casa antes de que empezaran las clases.

–¿En qué casa? –preguntó Catherine con cautela.

Hubo un silencio.

–En la casa en que estés tú –dijo Elena por fin.

Después de colgar acercó una silla a la ventana y se sentó a oscuras, contemplando el mar. En un momento dado oyó voces airadas en el piso de abajo, y luego un ruido de coches dando marcha atrás por la grava del camino de entrada.

Más de un coche.

Dos coches.

Paul Schuster seguía en la planta baja, Elena podía oírle.

Lo cual significaba que debía de haber llegado alguien además de Bob Weir.

Se dijo que Paul Schuster había estado bebiendo y que se disculparía por la mañana, que fuera cual fuese aquel asunto del aeropuerto era algo entre Paul, Bob Weir y quien fuera que hubiera llegado después de que ella subiera a su habitación, nada que tuviera que ver con ella, pero cuando se despertó por la mañana repasó mentalmente el ruido de las voces airadas. La noche antes había escuchado la voz de Bob Weir y había escuchado la voz de Paul Schuster, pero solo al despertarse por la mañana fue capaz de distinguir una tercera voz.

«Por lo que tengo entendido, Dick McMahon no va a ser ningún problema.»

«Un pasajero en tránsito. No es asunto nuestro.»

Fue al distinguir la voz del salvadoreño cuando entendió que iba a necesitar encontrar otro sitio donde quedarse.

Algún sitio donde el aeropuerto no fuera un problema.

Fuera cual fuese el problema.

Algún sitio donde no apareciera el salvadoreño.

Algún sitio donde no tuviera que ver a Paul Schuster.

Algún sitio donde Paul Schuster no pudiera averiguar quién era ella.

Cuando más tarde aquella mañana Treat Morrison entró en la cafetería del Intercon y vio a Elena McMahon sentada sola a la mesa redonda para ocho, seguía habiendo una serie de cosas que ella no entendía.

Lo primero que Elena McMahon no entendía era que Paul Schuster ya sabía quién era.

Paul Schuster había sabido todo el tiempo quién era.

Era la hija de Dick McMahon.

Era la persona a la que tenían como tapadera para el trato ahora que no tenían a Dick McMahon.

Paul Schuster lo había sabido desde que Bob Weir le había dicho que la contratara.

Le había dicho que la contratara y la enviara todas las mañanas al aeropuerto.

Que la enviara todas las mañanas al aeropuerto para establecer una dinámica.

Una dinámica que coincidiera con los viajes semanales de Alex Brokaw a San José.

Hasta ahora, Paul Schuster siempre había hecho lo que Bob Weir le mandaba. La razón de que Paul Schuster siempre hubiera hecho lo que Bob Weir le mandaba (hasta ahora) era que Bob Weir estaba al corriente de ciertos pequeños negocios de drogas en los que Paul Schuster había estado implicado. Y el hecho de que Bob Weir estuviera al corriente de aquello le había parecido a Paul Schuster más importante de lo que podría parecer porque una de las agencias federales con las que Bob Weir tenía contactos era la Administración para el Control de Drogas.

Y aun así...

Al final, aquel conocimiento no había sido lo suficientemente importante para garantizar que Paul Schuster fuera al aeropuerto con Elena McMahon aquella mañana en concreto.

«Y créeme, todavía hay un gran condicional en esta situación, y ese gran condicional es *moi*.»

Puede que Paul Schuster no fuera el tipo más listo del barrio, pero cuando veía una indirecta sabía captarla.

Pas de aeropuerto.

Lo que supuestamente tenía que pasar en el aeropuerto aquella mañana era otra cosa que Elena McMahon no entendía.

Treat Morrison entendía más.

Treat Morrison entendía, por ejemplo, que «Bob Weir» era el nombre que usaba en aquella parte del mundo cierto individuo que, si volviera a entrar en Estados Unidos, tendría que hacer frente a una serie de cargos pendientes por exportar armas infringiendo cinco estatutos federales. Treat Morrison también entendía que aquel individuo, cuyo nombre real tal como constaba en los cargos presentados contra él era Max Epperson, no podía de hecho, por aquella y por otras razones, volver a entrar en Estados Unidos.

Lo que Treat Morrison entendía era mucho más que lo que Elena McMahon entendía, pero en última instancia tampoco entendía lo suficiente. Por ejemplo, Treat Morrison no entendía que, de hecho, Max Epperson, también conocido como «Bob Weir», sí que había vuelto a entrar en Estados Unidos, y además hacía muy poco.

Max Epperson había vuelto a entrar en Estados Unidos por el procedimiento, no tan infrecuente en la práctica, conocido como «entrar en negro», es decir, hacer disposiciones clandestinas previas para evitar los procedimientos normales de inmigración.

Primero a principios de primavera de 1984, y una segunda vez en junio de 1984, Max Epperson había vuelto a entrar en Estados Unidos sin pasar por los controles de inmigración, en el primer caso a bordo de un avión militar que había aterrizado en la Base de la Fuerza Áerea de Homestead, y en el segundo en un vuelo comercial a Gran Caimán y después en una embarcación de la Guardia Costera de Estados Unidos que había llegado al Puerto de Miami. La primera vuelta había tenido el propósito expreso de establecer cierto acuerdo con un socio de toda la vida. La segunda vuelta había tenido el propósito expreso de confirmar aquel acuerdo.

Asegurarse de que aquel acuerdo seguía los plazos previstos y marchaba según lo planeado.

Asegurarse de que la ejecución del trato no iba a sufrir ninguna variación respecto a su intención original.

Hacerle entender esta exigencia a Dick McMahon.

El socio de toda la vida de Max Epperson.

El viejo amigo de Max Epperson.

«Para qué queremos a los italianos, si tenemos aquí un espectáculo para nosotros solos.»

La persona a la que recurría Max Epperson en sus tratos encubiertos, incluyendo aquellos por los que ahora afrontaba cargos.

«Alguien tenía que hacer entrar en razón a Max Epperson —le había dicho Dick McMahon a Elena aquella primera mañana en el Jackson Memorial—. Epperson podía joder el trato entero. Epperson estaba salido de madre, no tenía ni puñetera idea del negocio en el que andaba metido.»

Os habrá pasado por la cabeza que Max Epperson, para poder volver a entrar en Estados Unidos, para poder entrar en negro, debió de contar necesariamente con la cooperación de una agencia federal autorizada para llevar a cabo operaciones clandestinas. Por lo que respectaba a Treat Morrison, ni que decir tiene que Max Epperson habría contado con la cooperación de una agencia federal autorizada para llevar a cabo operaciones clandestinas. Max Epperson se habría transformado naturalmente, en la época en que se presentaron los cargos federales por venta de armas contra él, en un informante profesional, en alguien que ofrecía sus servicios. La transformación de Max Epperson en el profesional conocido como «Bob Weir» habría sido precisamente el propósito de presentar cargos contra él. Se trataba de una ecuación que Treat Morrison, distraído o no distraído, podría haber resuelto dormido. Lo que Treat Morrison no consiguió discernir era hasta qué punto el hecho de ver a Elena McMahon en la cafetería del Intercon podía modificar la ecuación.

Ella seguiría siendo la tapadera, pero Alex Brokaw ya no sería el objetivo.

«No estoy segura de saber en qué negocio anda metido Epperson», le había dicho a su padre aquella mañana en el Jackson Memorial.

«Joder, ¿en qué negocio andan metidos todos ellos?», le había dicho su padre.

CINCO

1

Cuando me acuerdo ahora de lo que pasó, veo sobre todo fragmentos, vislumbres, una fantasmagoría momentánea en la que todo el mundo se centró en un aspecto distinto y absolutamente nadie vio el conjunto.

Yo solo llevaba dos días en la isla cuando pasó.

Treat Morrison no había querido para nada que yo fuera allí. Antes de que se marchara de Washington le había dicho que, a fin de escribir el artículo que quería escribir, me iba a ser esencial verlo en acción, verlo *in situ*, observar cómo se introducía en cierta clase de situación. En aquel momento pareció que admitía la eficacia de aquella visita, pero enseguida me di cuenta de que cualquier admisión a ese respecto solo era teórica.

Solo era abstracta.

Solo valió hasta que él llegó allí.

Cuando lo llamé para decirle que yo también iba, no me intentó disuadir exactamente, pero tampoco me alentó más de lo necesario.

En realidad estaba resultando ser una situación bastante fluida, me dijo por teléfono.

En realidad no estaba seguro de cuánto tiempo se iba a quedar.

En realidad, si de hecho seguía allí, iba a estar bastante liado.

En realidad podíamos hablar de forma mucho más productiva en Washington.

Decidí acabar con aquella situación de punto muerto.

Por entonces resultaba que yo tenía unas cuantas acciones de la Morrison Knudsen, y se me había ocurrido hacía poco, al recibir un informe anual que mencionaba la participación de la Morrison Knudsen en un nuevo aeródromo que se estaba construyendo en la isla, que aquella isla por lo demás carente de interés a la que Treat Morrison había salido pitando tan de repente quizá estuviera a punto de convertirse en un nuevo Ilopango, en una nueva Palmerola, en el escenario de la siguiente transformación de aquella guerra que no estábamos librando.

Miré el reloj y le pregunté a Treat Morrison por el aeródromo.

Guardó silencio durante exactamente siete segundos, el tiempo que tardó en calcular que me podría manejar de forma más eficaz si me permitía volar a la isla que si me dejaba leyendo informes anuales a mi aire.

Pero, joder, dijo entonces. Es su billete, estamos en un país libre, haga lo que quiera.

Lo que yo no sabía ni siquiera después de llegar allí era que la razón de que se hubiera resistido a mi visita no era en aquel caso profesional sino personal. Porque a las siete de la tarde del mismo día en que llegó, aunque solo ciertas personas de la embajada lo sabían, Treat Morrison había conseguido encontrarse con la mujer a la que había visto ocho horas antes en la cafetería del Intercon. Dos horas más tarde ya sabía lo bastante de la situación de la mujer como para efectuar la llamada a Washington que hizo que el agente de la Agencia de Inteligencia de la Defensa volara a la isla por la mañana.

Era la diferencia entre Treat Morrison y los tipos de Harvard.

Que él escuchaba.

2

No tengo ni idea de qué tenía Elena en mente cuando le dijo a él quién era.

Y lo hizo sin más. De forma voluntaria.

No era Elise Meyer, era Elena McMahon.

Se lo dijo menos de un minuto después de subir a su habitación con él aquella tarde.

Quizá lo reconoció de Washington, quizá pensó que él la podía haber reconocido de Washington, o quizá llevaba demasiado tiempo en estado salvaje, demasiado tiempo viviendo alerta en plena naturaleza.

Quizá simplemente lo miró y confió en él.

Porque, creedme, Elena McMahon no tenía ninguna razón en particular, en aquel momento en particular, para contarle a un total desconocido, un total desconocido que la había abordado en el vestíbulo del Intercon *por razones que ella no sabía*, lo que no le había contado a nadie más.

Quiero decir que Elena no tenía ni la más remota idea de que, si hubiera ido a las diez de aquella mañana al aeropuerto, esa misma noche Alex Brokaw habría estado muerto.

Por supuesto, Alex Brokaw estuvo en el aeropuerto a las diez porque había retrasado su vuelo a San José para poner al corriente a Treat Morrison de la situación.

Por supuesto, Alex Brokaw todavía estaba vivo esa noche porque la hija de Dick McMahon no había estado en el aeropuerto.

Por supuesto.

Ahora lo sabemos, pero ella no lo sabía.

Quiero decir que no sabía nada.

No sabía que el salvadoreño cuya voz había vuelto a oír la noche antes intentando mediar en la discusión que fuera que mantenían Paul Schuster y Bob Weir era el viejo amigo de Bob Weir de San Salvador, el coronel Álvaro García Steiner.

«Sácame del trato —no había parado de decir Paul Schuster—. Tú solo sácame del trato.»

«Tienes un problema», no había parado de decir Bob Weir.

«No hay ningún problema», no había parado de decir el salvadoreño.

Elena ni siquiera sabía que Paul Schuster había muerto aquella mañana en su despacho del Surfrider. De acuerdo con la policía local, que resultaba que por entonces estaba recibiendo el mismo entrenamiento en contraterrorismo a cargo del coronel Álvaro García Steiner que el coronel Álvaro García Steiner había recibido de los argentinos, no había indicios de que nadie más hubiera estado presente en el despacho durante las horas inmediatamente previas o posteriores a la muerte. Los estudios toxicológicos apuntaban a una sobredosis de secobarbital.

Fue ya tarde aquel primer día, al volver de la embajada al Intercon, cuando Treat Morrison se fijó de nuevo en la mujer a la que había visto aquella mañana en la cafetería.

Él estaba recogiendo sus mensajes en el mostrador de recepción y a punto de subir a su habitación.

Parecía que la mujer estaba suplicándole al recepcionista, tratando de conseguir una habitación.

No hay nada disponible, le estaba repitiendo el recepcionista. Estamos llenos al cien por cien.

He encontrado un sitio al que me puedo ir mañana, repetía ella. Solo necesito esta noche. Solo necesito un trastero. Solo necesito un plegatín en una oficina.

Llenos al cien por cien.

Por supuesto, Treat Morrison intervino.

Por supuesto, le dijo al recepcionista que metiera a dos personas en una de las habitaciones reservadas por el gobierno de Estados Unidos y le dejara libre una habitación a la mujer.

Tenía más de una razón para dejarle libre una habitación reservada por el gobierno de Estados Unidos.

Tenía todas las razones posibles para dejarle libre una habitación reservada por el gobierno de Estados Unidos.

Ya sabía que Elena había llegado a la isla el 2 de julio con un pasaporte estadounidense aparentemente falsificado a nombre de Elise Meyer. Ya lo habían informado del progreso de la investigación en curso del FBI para averiguar quién era Elise Meyer y qué estaba haciendo allí. Era obvio que le iba a pedir al recepcionista que le dejara libre una habitación. Igual que era obvio que le iba a sugerir que se tomaran una copa en el bar mientras el recepcionista solucionaba las cuestiones logísticas.

Ella se pidió una Coca-Cola.

Él se pidió un Early Times con soda.

Ella le agradeció su intervención.

Le dijo que se había estado alojando en un sitio del lado de barlovento de la isla y que llevaba todo el día buscando un alojamiento nuevo, pero que no se podía trasladar al sitio que quería hasta el día siguiente.

De manera que se marcharía mañana.

Se lo podía prometer.

No hay problema, dijo él.

Ella no dijo nada.

De hecho, no volvió a decir palabra hasta que llegaron las bebidas, pareció retraerse en sí misma de una forma que a él le recordó a Diane.

A Diane cuando estaba enferma.

No a la Diane de antes.

Cuando llegaron las bebidas ella le quitó el envoltorio de papel a una cañita y la metió entre los cubitos de hielo y, sin levantar siquiera el vaso de la mesa, se bebió la mitad de la Coca-Cola.

Él miró aquello y se encontró sin nada que decir.

Ella lo miró.

—Mi padre solía pedir Early Times —dijo.

Él le preguntó si su padre todavía vivía.

Se hizo un silencio.

—Necesito hablar con usted a solas —dijo ella por fin.

Ya os lo he dicho.

No tengo ni idea.

Quizá ella le dijo quién era porque él había pedido un Early Times. Quizá ella lo miró y vio la niebla que venía desde los Farallones, quizá él la miró y vio el crepúsculo caluroso del desierto. Quizá se miraron y supieron que nada de lo que hicieran importaría tanto como el más ligero temblor de tierra, el temblor ciego del Pacífico en su cuenca, las fuertes nevadas que cerraban los puertos de montaña, las serpientes de cascabel entre la hierba seca, los tiburones que surcaban las aguas frías y profundas de un lado a otro del Golden Gate.

«La amplia mirada de espuma de la foca hacia el paraíso.»

Oh, sí.

A fin de cuentas, esta es una historia romántica.

Una historia romántica más.

3

Hace poco intenté hablar con Mark Berquist de lo que había pasado en la isla.

Conozco un poco a Mark Berquist, ahora todo el mundo lo conoce.

El miembro más joven de la promoción más joven que haya salido elegida nunca para el Senado de Estados Unidos. La promoción que ya arrancó a toda marcha, la promoción que llegó a la Colina del Capitolio preparada, decidida y lista para ponerse a trabajar. El autor de *Coacción constitucional: ¿los derechos de quién van primero?* Agitador, antagonista de rigor en los programas de televisión dominicales, orador más solicitado en el circuito de conferencias por más de veinticinco mil dólares más gastos.

Donde sus comentarios eran invariablemente tergiversados y sacados de contexto por la prensa.

Tan invariablemente, me informó su secretario de administración, que el senador se mostraba comprensiblemente receloso a la hora de devolver las llamadas de la prensa.

—Espere un momento —me dijo cuando por fin conseguí abordarlo en el pasillo de fuera de una sesión de la cámara, en un momento en que los equipos de televisión que normalmente le funcionaban de escudo protector habían sido temporalmente desviados por el rumor de que la esposa del presidente acababa de entrar en la Rotonda del Capitolio con Robert Redford—. Solo hablo con la prensa de cuestiones de fondo.

Le dije que lo único que yo quería eran cuestiones de fondo.

Le dije que estaba intentando obtener toda la perspectiva posible sobre cierto incidente que había tenido lugar en 1984.

A Mark Berquist le pasó por la mirada una expresión de recelo. Para él 1984 se había terminado con la conclusión de la sesión legislativa del año, y todo aquello ya le quedaba tan lejos como el Congreso Continental. Sacar a colación 1984 implicaba que el pasado tenía consecuencias, lo cual *in situ* no se consideraba un enfoque productivo. De hecho, aquella sugerencia implícita de la existencia de consecuencias resultaba lo bastante impensable como para llevar a Mark Berquist a montar una defensa exhaustiva.

—Si esto tiene algo que ver con el periodo de financiación de la campaña de reelección de 1984, ya puede usted archivarlo y olvidarse —dijo Mark Berquist—. Porque, y déjeme que le asegure que esto está perfectamente documentado, ni siquiera pasé a la rama ejecutiva hasta después de la segunda investidura.

Le dije que el periodo de financiación de la campaña de reelección de 1984 no era específicamente el periodo que yo tenía en mente.

El periodo que yo tenía en mente era más bien el periodo del suministro a las fuerzas de la Contra nicaragüense.

—En primer lugar, cualquier referencia a las llamadas fuerzas de la Contra es totalmente imprecisa —dijo Mark Berquist—. Y en segundo lugar, cualquier referencia al llamado suministro es totalmente impreciso.

Le sugerí que tanto «Contra» como «suministro» se habían convertido durante los años transcurridos desde entonces en términos generalmente aceptados para denominar las fuerzas y eventos en cuestión.

—Me interesaría muchísimo ver algún documento en el que se use alguno de esos dos términos —dijo Mark Berquist.

Le sugerí que podía ver esos documentos si pedía a su personal que llamara a la Oficina de Impresiones del Gobierno y solicitaba el *Informe del Consejo de Análisis Especial del Presidente* de febrero de 1987, el *Informe de los Comités de Investigación del Congreso de la cuestión Irán-Contra* de noviembre de 1987, y el *Informe final del Consejo Independiente para la cuestión Irán/Contra* de agosto de 1993.

Hubo un silencio.

—Se trata de cuestiones sobre las que ya ha habido bastante tergiversación y politización —dijo entonces Mark Berquist—. Y a las que no tengo intención de contribuir. No obstante, déjeme decirle que cualquiera que use los términos que ha usado usted en realidad está poniendo de manifiesto su ignorancia. Y llamarlo ignorancia es ser muy benévolos. Porque en realidad es algo peor.

Le pregunté qué era en realidad.

—La tendenciosidad política más barata. Eso es lo que la prensa no ha entendido nunca. —Miró por el pasillo como si estuviera buscando a su desaparecido enlace con la prensa, luego se miró el reloj—. Muy bien, última oportunidad. Hágame su mejor pregunta.

—¿Declaración oficial? —dije, puramente a modo de reflexión, dado que no me interesaba realmente si era una declaración oficial.

—Negativo. No. Ha aceptado usted la regla básica. Solo cuestiones de fondo.

La razón de que no me interesara realmente si aquello era una declaración oficial o una simple cuestión de fondo era que Mark Berquist no me diría jamás lo único que yo quería saber.

Lo único que yo quería que Mark Berquist me dijera no era en qué momento el objetivo había dejado de ser Alex Brokaw. Yo ya sabía en qué momento el objetivo había dejado de ser Alex Brokaw: Alex Brokaw había dejado de ser el objetivo cuando Elena McMahon se había marchado del Surfrider, no había ido al aeropuerto y había perdido la oportunidad de estar cerca de Alex Brokaw. Lo único que yo quería que Mark Berquist me dijera era en qué momento exacto

había sabido él que el objetivo había pasado de ser Alex Brokaw
a ser Treat Morrison.

Y se lo pregunté a Mark Berquist.

Última oportunidad, mi mejor pregunta.

La respuesta de Mark Berquist fue la siguiente:

—Veo que se ha tragado usted hasta el esófago una de esas
repugnantes fantasías conspirativas que, déjeme que le asegure, han quedado completa y totalmente desacreditadas, puede
creerme, una y otra vez. Y, nuevamente, llamar repugnantes a
esa clase de calumnias es ser muy benévolos.

Más metáforas en colisión.

Solo cuestiones de fondo.

4

Cuando llegó el momento, todo pasó muy deprisa.

Durante los últimos nueve de los diez días que Treat Morrison llevaba en la isla, se habían estado viendo los dos en el alojamiento que ella había encontrado, un motel anónimo y de propietarios locales, no parte de una cadena, dado que para entonces las cadenas ya tenían todas las plazas reservadas para el personal del gobierno de Estados Unidos, una estructura de dos plantas situada cerca del aeropuerto y tan poco llamativa que podrías ir en coche al aeropuerto una docena de veces al día y nunca te fijarías en que estaba allí.

El Aero Sands Beach Resort.

El Aero Sands estaba en una loma baja situada entre la carretera y la playa, que no era realmente una playa sino una llanura de marea sobre la que se había vertido arena para proteger la loma de la erosión. La loma terminaba allí donde la carretera trazaba una curva en dirección al mar, justo al sur del Aero Sands, pero en la cima, a unos cien metros al norte del motel, había un pequeño centro comercial, con una tienda de comestibles, una licorería, un videoclub y varias tiendas de equipamiento deportivo y de recambios para automóviles, y era en el aparcamiento de aquel centro comercial donde Treat Morrison dejaba su coche.

Tenía la situación controlada.

No quería que nadie viera su coche en el aparcamiento del Aero Sands y no quería que lo vieran entrar por la puerta delantera de la habitación de Elena, que quedaba a la vista de todos.

Quería acercarse al Aero Sands desde donde pudiera inspeccionar bien el lugar y tener tiempo de sobra para captar cualquier presencia oficial, a cualquiera que lo pudiera reconocer, cualquier cosa que se saliera de lo ordinario.

El primero de los nueve días que Treat Morrison fue al Aero Sands se llevó consigo al agente de Inteligencia de la Defensa, que le tomó declaración a Elena y voló directamente de regreso a Washington, del aeropuerto al Aero Sands y vuelta al aeropuerto, sin contacto con la embajada.

En los días siguientes Treat Morrison fue al Aero Sands solo.

Pocos minutos antes de la hora a la que él le hubiera dicho que iba a llegar, Elena dejaba abierta la puerta corredera de cristal de la parte de atrás de su habitación y cruzaba la zona de la piscina de cemento que había detrás del motel. Desde cierto punto situado al otro lado de la pequeña piscina era posible mirar al norte y obtener una vista parcial del camino de la loma, y ella siempre miraba, con la esperanza de que él llegara temprano, pero nunca era el caso. Saludaba con la cabeza a la mujer que todas las tardes empujaba alrededor de la piscina a un viejo en silla de ruedas y a un bebé en su cochecito. Luego seguía su camino y bajaba la docena de destartalados escalones de madera que llevaban a lo que pasaba por una playa. Allí a la vista, en el espacio abierto que quedaba entre el agua y la loma, Elena McMahon esperaba en un sitio donde Treat Morrison la pudiera ver mientras se acercaba.

Tal como él le había dicho que hiciera.

La cuestión era que él creía que la estaba protegiendo.

Y lo siguió creyendo hasta el momento preciso —a las siete y veinte de la tarde del décimo día que había pasado en la isla, el día en el que de hecho había realizado las disposiciones finales para llevarse a Elena de vuelta con él a Estados Unidos, para llevársela en negro por medio de la Agencia de Inteligencia de la Defensa y resolver toda la puñetera situación en Washington— en que sucedió.

Y después de que acabara todo, después del vuelo a Miami durante el cual se mostró básicamente incoherente y después de la operación y después de la UCI, en algún momento en que se encontraba solo en una habitación privada del Jackson Memorial, Treat Morrison recordó haberse cruzado con el hombre de la loma mientras caminaba desde el centro comercial hasta el sitio en el que ya pudiera ver a Elena en la playa.

La visión del hombre de la loma no había tenido nada fuera de lo ordinario.

Nada de nada.

El hombre de la loma no tenía nada que indicara una presencia oficial, nada que sugiriera que, por el hecho de reconocerlo, pudiera poner a Elena fuera de su protección.

Nada.

Él ya la podía ver en la playa.

Llevaba puesto el mismo vestido blanco que había llevado en la cafetería del Intercon.

Estaba mirando más allá de la llanura de marea.

Estaba contemplando la bioluminiscencia del agua alrededor de los arrecifes.

El hombre de la loma estaba agachado, atándose el zapato, con la cara oculta.

Había luna llena pero el hombre tenía la cara oculta.

El hecho de que el hombre tuviera la cara oculta era, por supuesto, algo en lo que no se le ocurrió pensar a Treat Morrison hasta más tarde, y para entonces el hombre de la loma ya no importaba, dado que tanto el FBI como la policía local, que por pura coincidencia había estado montando guardia delante del Aero Sands toda aquella semana por un asunto de drogas que no tenía nada que ver con aquello, habían establecido de forma inmediata e incuestionable que el hombre de la loma, si es que realmente había habido un hombre en la loma, no era el autor del intento de asesinato.

La razón de que esto se hubiera establecido de forma inmediata e incuestionable era que la policía local, que tan fortuitamente a mano había estado, había conseguido matar a la autora del intento de asesinato en la misma playa, dejándole el vestido blanco rojo de sangre antes incluso de que vaciara su cargador.

Lo que más inquietaba a Treat Morrison no era el hombre de la loma.

Lo que más lo inquietaba, lo que había empezado a inquietarlo ya mientras el anestesiólogo le pedía que contara hacia atrás desde cien, y lo que lo inquietó tanto cuando se vio solo en la habitación privada del Jackson Memorial que el médico ordenó que le añadieran sedación al suero intravenoso, era que durante los nueve días anteriores había inspeccionado el Aero Sands a muchas horas distintas del día y de la noche, desde todos los ángulos posibles y teniendo en mente todas las contingencias posibles, y en ningún momento de aquella semana recordaba haber visto a la policía local.

Que tan fortuitamente a mano había estado.

Lo cual indicaba que no había estado allí antes.

Lo cual indicaba que si había estado allí había sido solo en un determinado momento, solo en el momento en que se la necesitaba.

Una conclusión que no podía llevar a ninguna parte, puesto que Elena McMahon ya estaba muerta.

«O sea, puedes atar cabos, pero ¿adónde te lleva eso?»

Esas fueron las últimas palabras de Treat Morrison sobre el tema.

«O sea, eso no va a devolverle la vida.»

5

MUJER ESTADOUNIDENSE IMPLICADA EN INTENTO DE ASESINATO era el titular del primer teletipo de la AP que publicó el *Herald* de Miami, el único periódico en que inicialmente tuve ocasión de ver la noticia. Recuerdo que lo leí en el ascensor del hospital en que Treat Morrison había sido finalmente estabilizado para el vuelo a Miami. Era el *Herald* de aquella misma mañana, imposible de encontrar en la isla salvo en la embajada, abandonado en la sala de espera por el segundo jefe de misión de Alex Brokaw cuando llegó el helicóptero para llevarse a Treat Morrison al aeropuerto.

El coronel Álvaro García Steiner también estaba en la sala de espera, mirando con recelo desde un sofá hundido cómo un canal de televisión de San Juan entrevistaba al portavoz de la policía local.

El periódico estaba tirado en una silla de plástico moldeado y abierto por la página de aquel artículo.

Cuando lo cogí miré por casualidad por la ventana de detrás del coronel Álvaro García Steiner y vi el helicóptero elevarse del césped.

Caminé hasta el ascensor y entré y empecé a leer el artículo mientras el ascensor bajaba.

El ascensor acababa de detenerse para que subiera alguien en la tercera planta cuando llegué al nombre de la estadounidense implicada en el intento de asesinato.

La noche de los Oscar, hacía dos años y medio.

La última vez que yo la había visto.

«Presuntamente había estado usando el nombre de Elise Meyer.»

«Fuentes de la embajada, sin embargo, han confirmado que su nombre real era Elena McMahon.»

«No se han confirmado los informes de que la presunta asesina estaba suministrando armas y otras ayudas al gobierno sandinista de Nicaragua.»

Hasta el día siguiente, cuando casualmente Bob Weir se encontró en disposición de proporcionar las listas de embarque que detallaban una serie de cargamentos que resultó que coincidían con las armas recientemente requisadas en una redada realizada contra un alijo de armamento de los sandinistas.

También fortuitamente.

Ya que las listas de embarque confirmaban los informes de que la presunta asesina había estado suministrando armas y otras ayudas al gobierno sandinista de Nicaragua.

Unos informes después corroborados por el descubrimiento de documentación sandinista en dos habitaciones anexas del hotel Surfrider de las que la presunta asesina se había marchado recientemente.

Confirmados de forma inmediata e incuestionable.

Corroborados de forma inmediata e incuestionable.

Lo cual, por supuesto, constituía la carga informativa del segundo teletipo de la AP.

6

Imaginad cómo debió de suceder.

Elena debió de salir del Aero Sands.

Al dejar atrás la piscina y llegar al punto en que se podía obtener una vista parcial del camino de la loma, debió de levantar la vista.

No debió de ver a Treat Morrison.

Debió de pasar junto a la mujer que empujaba al viejo de la silla de ruedas y al bebé del cochecito y debió de saludarlos con la cabeza a los tres, y el bebé debió de girarse para mirarla y el viejo se debió de llevar la mano al sombrero, y ella debió de llegar al último de los destartalados escalones de madera que llevaban a la playa antes de darse cuenta de que había un hombre en la loma y de que había visto antes a aquel hombre.

Ni siquiera debió de ser consciente de ver al hombre de la loma, solo debió de ser consciente de que lo había visto antes.

El hombre de la loma con su coleta.

El hombre de la pista de aterrizaje de Costa Rica.

«Podría retrasarme una noche o dos en Josie.»

«Si alguien te pregunta, diles que estás esperando al señor Jones.»

«*Tú* no estás haciendo nada. Y lo que esté haciendo *yo* no es asunto tuyo.»

Ella no fue consciente de verlo pero de alguna manera el hecho de verlo ralentizó los movimientos de forma apenas perceptible, los veinticuatro fotogramas por segundo se redujeron a veinte. El bebé se giró demasiado despacio.

«Como en la hora de nuestra muerte.»

El viejo de la silla de ruedas se llevó la mano al sombrero demasiado despacio.

«Como en la hora de nuestra muerte.»

Elena no quería mirar atrás pero finalmente lo hizo.

Cuando oyó los disparos.

Cuando vio caer a Treat Morrison.

Cuando vio que el hombre de la loma se giraba hacia ella.

«Te llega de una forma o te llega de otra. Nadie se va de rositas.»

7

Después de los dos teletipos de la AP, la historia se interrumpió y cayó en el vacío.

Ni una sola mención.

Desapareció de la vista.

En retrospectiva, el hecho de que nunca se materializaran las consecuencias políticas planeadas fue la prueba de que Treat Morrison no había perdido del todo la partida.

—O sea, fue una equivocación total —me dijo—. Habría sido simplemente malo para el país.

Le sugerí que no lo había hecho por el país.

Le sugerí que lo había hecho por ella.

Él evitó mirarme directamente.

—Fue una equivocación total —repitió.

Solo una vez, más o menos un año después, estuvo Treat Morrison a punto de derrumbarse.

De derrumbarse de una forma tan predecible que ni siquiera me molesté en registrar en mis notas lo que dijo. Recuerdo que me volvió a mencionar que había estado distraído y recuerdo que volvió a hablarme de su falta de concentración y recuerdo que me volvió a decir lo de aquel niñato idiota que nunca debería haber puesto un pie al sur del Dulles.

«Mierda», no paraba de decir.

«Te crees que lo tienes todo cubierto y luego te das cuenta de que no habías cubierto ni una mierda.

»Porque, créeme, fue un resultado espantoso.

»El último resultado que querrías.

»Si hubieras estado en mi lugar en aquel asunto.

»Que no fue tu caso.

»O sea que no tienes forma de entenderlo.

»O sea, puedes atar cabos, pero ¿adónde te lleva eso?

»O sea, eso no va a devolverle la vida.»

Eso me dijo Treat Morrison.

La última vez que hablamos.

8

Treat Morrison murió cuatro años más tarde, a los cincuenta y nueve, de una hemorragia cerebral en el ferry de Larnaca a Beirut. Cuando me enteré me acordé de un artículo que había publicado J. Anthony Lukas en el *Times* de Nueva York sobre una conferencia, patrocinada por la Escuela de Gobierno John F. Kennedy de Harvard, que había reunido a ocho miembros de la administración Kennedy en el hotel de un viejo centro turístico de los Cayos de Florida para reevaluar la crisis de los misiles cubana de 1962.

El hotel era de color rosa.

Había una tormenta de invierno procedente del Caribe.

Theodore Sorensen estuvo nadando con los delfines. Robert McNamara manifestó su sorpresa porque el CINCSAC hubiera mandado las instrucciones de la alerta DEFCON 2 sin codificar, a plena vista, de manera que pudieran captarlas los soviéticos. Las reuniones estaban programadas para dejar horas libres por las tardes para jugar partidos de dobles de tenis. Douglas Dillon y su mujer y George Ball y su mujer y McNamara y Arthur Schlesinger cenaban juntos a la luz de las velas en el comedor principal. Se recibieron comunicaciones de Maxwell Taylor y Dean Rusk, que estaban demasiado enfermos para asistir.

Al leer aquel artículo, imaginé que la tormenta continuaba.

La electricidad yéndose, las pelotas de tenis criando malvas, las velas apagándose en la mesa del comedor principal donde Douglas Dillon y su mujer y George Ball y su mujer y Robert McNamara y Arthur Schlesinger están sentados (sin cenar, la cena no ha llegado, no llegará nunca), las cortinas de lino de color claro del comedor principal agitadas por el viento, la lluvia sobre el suelo de parquet, el aislamiento, la excitación, la tormenta tropical.

Recuerdos imperfectos.

«Todavía hay tiempo para cien indecisiones.»

«Para un centenar de visiones y revisiones.»

Al morir Treat Morrison se me ocurrió que me habría gustado ver una reevaluación parecida de lo que él podría haber llamado (y de hecho llamó) ciertas acciones emprendidas en 1984 en relación con lo que llegaría a conocerse como el suministro letal, para distinguirlo del humanitario.

Recuerdos imperfectos de cierto incidente que no debería haber tenido lugar y que no se pudo predecir.

Por medio de ninguna medición cuantitativa.

Me habría gustado ver aquella reevaluación en el mismo hotel de los Cayos, con el mismo clima, el mismo estrépito de los manglares, los mismos delfines y los mismos partidos de dobles de tenis, las mismas posibilidades. Me habría gustado verlos a todos allí reunidos, un grupo de ancianos en el trópico, ancianos con pantalones de color lima y polos y gorras de golf, ancianos en un hotel de color rosa en plena tormenta.

Por supuesto, Treat Morrison habría estado allí.

Y cuando subiera al piso de arriba y abriera la puerta de su habitación, Elena McMahon habría estado allí.

Sentada en camisón en el balcón.

Contemplando la tormenta sobre el mar.

Y si vais a decir que si Elena McMahon estuviera en el piso de arriba del hotel de color rosa no habría razón para celebrar la conferencia, no habría habido incidente, ni asunto ni razón alguna: «Ya podéis archivarlo y olvidaros».

Como diría Mark Berquist.

Porque, por supuesto, Elena habría estado allí.

Quiero que esos dos hayan estado juntos toda la vida.

23 de enero de 1996